DIARI FELINI

Storie esilaranti di amore, amicizia e peli di gatto

Jean Bruschini

Mise en page by Kultura Project

"Le nuvole"
Una collana che invita a sognare e a viaggiare con la fantasia.

Introduzione di una gattara

"Anche il più piccolo dei felini, il gatto, è un capolavoro"
Leonardo da Vinci

Cari lettori,

siete pronti a immergervi in un mondo di avventure, risate e amore felino? Allora non potete perdervi questo libro di storie sui gattari, uomini e donne che hanno scelto di condividere la loro vita con i mici più simpatici e affettuosi del pianeta. In queste pagine troverete racconti di fantasia divertenti, commoventi e sorprendenti di gattari di ogni età e provenienza, che vi faranno scoprire il lato più tenero e buffo dei nostri amici a quattro zampe. Che si tratti di salvare un gattino abbandonato, di organizzare una festa di compleanno per il proprio micio, o di affrontare le sfide quotidiane di una convivenza a pelo lungo, queste storie vi faranno ridere e commuovere, e vi faranno apprezzare ancora di più il legame speciale che esiste tra i gattari e i loro gatti. Questo libro è dedicato a tutti i gattari del mondo, che sanno che la vita è più bella in compagnia di un felino.

Cosa succede quando una persona decide di dedicare la sua vita ai gatti? Lo scoprirete in questo libro, che racconta le avventure e le disavventure di gattari irriducibili. Il testo è stato concepito inizialmente per la realizzazione di un monologo, già interpretato con successo in vari festival e teatri, e per una rappresentazione teatrale che coinvolgesse più interpreti. Al lettore è concesso l'utilizzo del materiale nelle scuole o nei teatri, in tal caso ci farà piacere averne notizia.
Con ironia e autoironia, l'opera ci fa entrare nel mondo felino, dove i gatti sono i protagonisti assoluti e i gattari i loro servi devoti. Tra aneddoti esilaranti, riflessioni profonde e consigli pratici, il libro è un omaggio a tutti gli amanti dei gatti e a chi ha il coraggio di seguire le proprie passioni. Buona lettura!

Luana Trabuio

Innanzi tutto, grazie per aver acquistato il mio libro. Ti sarei grato/a se lasciassi una recensione o delle stelline sullo store di Amazon.

Sono uno scrittore di investigazione, con una ventina di titoli online e molti articoli pubblicati su riviste scientifiche specializzate. Ma sono anche un padre di una bambina adorabile di sette anni che ama i gatti e che mi ha spinto a scrivere un libro diverso, suggerendomi storie che poi ho inserito in questo libro. Miao a tutti.

Jean Bruschini

Prima parte:
GATTARI SI NASCE

Sono una gattara. Lo so, lo so, non è una parola molto elegante. Ma io la rivendico con orgoglio. Perché essere una gattara non significa solo avere tanti gatti in casa, ma anche avere un rapporto speciale con loro. Un rapporto fatto di amore, rispetto, comprensione e... sottomissione.

Sì, perché i gatti non sono animali domestici. Sono loro che ci addomesticano. Sono loro che decidono quando mangiare, quando dormire, quando giocare, quando farsi coccolare. E noi gattari siamo sempre pronti a soddisfare le loro esigenze. Anche a costo di rinunciare alle nostre.

Se vi capita di incontrare una persona che ha sempre qualche pelo di gatto addosso, che parla con voce stridula e affettata ai suoi mici, che indossa maglioni con disegni felini o orecchini a forma di zampa, che ha la casa piena di ciotole, tiragraffi e giocattoli per gatti, che parla solo di gatti e che vi racconta le avventure dei suoi amici a quattro zampe come se fossero dei figli, probabilmente avete a che fare con un esponente di questa categoria. I gattari non sono dei semplici appassionati di gatti ma mamme o papà che li amano incondizionatamente e li trattano come membri della famiglia. Spesso hanno più di un gatto e li chiamano con nomi buffi o originali e non è raro che usino anche nomi umani.

I gattari sono solitamente gentili e socievoli, ma possono diventare belve aggressive se qualcuno critica i loro mici o li tratta male. Tendenzialmente sono anche molto curiosi e si interessano di tutto ciò che riguarda i felini: razze, alimentazione, salute, comportamento, ecc. I gattari amano condividere le loro esperienze con altri gattari o con chi apprezza i gatti, ma evitano di frequentare chi non li sopporta o li teme. Sono delle persone speciali che hanno scelto di dedicare la loro vita ai gatti e di ricevere in cambio il loro affetto e la loro compagnia.

Sorpresa: non tutti i gattari sono uguali. Esistono infatti diverse tipologie di amanti dei felini, ognuna con le sue caratteristiche e le sue abitudini. Eccovi una lista non esaustiva delle principali categorie:

È riduttivo classificare gli amanti degli animali, in questo caso dei gatti, per categorie, quindi non prendete troppo seriamente la simpatica lista che segue. Il testo è al femminile ma le definizioni si adattano a entrambi i sessi.

- La gattara classica:
è quella che vive in una casa piena di gatti di tutte le razze e i colori, che li coccola, li veste e li tratta come figli. Ha sempre una scorta di crocchette, lattine e snack per i suoi mici, e non esce mai senza portarsi dietro almeno un paio di peluche a forma di gatto. Il suo sogno è di aprire un rifugio per gatti abbandonati o un cat cafè.

- La gattara moderna:
è quella che segue le ultime tendenze in fatto di gatti, e che ha sempre un gatto di razza rara e costosa, magari esotica o ipoallergenica. Il suo gatto ha un nome originale e un profilo Instagram dedicato, dove posta foto e video delle sue avventure. La gattara moderna ama viaggiare con il suo gatto, e lo porta con sé in aereo, in treno o in macchina, dotato di tutti gli accessori necessari. inserisce annunci di adozioni di gatti su Facebook, ma non si rende conto che i suoi gatti sono tutti molto particolari e stravaganti. Per esempio, c'è il gatto Micio, che ha la passione per il karaoke e si mette a cantare a squarciagola ogni volta che sente una canzone. C'è il gatto Fuffi, che è allergico al pelo e si gratta continuamente fino a diventare pelato. C'è il gatto Titti, che è ossessionato dalla pulizia e si lava le zampe ogni cinque minuti con il sapone.

- La gattara spirituale:
è quella che crede che i gatti siano esseri speciali, dotati di poteri magici e paranormali. La gattara spirituale pratica la meditazione, lo yoga e il reiki con il suo gatto, e lo consulta come una sorta di oracolo o guida spirituale. La sua casa è decorata con simboli e oggetti legati al mondo dei gatti, come statuette, candele, cristalli e tarocchi. La gattara spirituale vive in una vecchia casa piena di gatti. Ogni giorno, si alza presto e prega il suo dio felino, che le ha conferito il dono di comunicare con i suoi amici pelosi.

- La gattara militante:
è quella che si batte per la difesa dei diritti dei gatti, e che partecipa a manifestazioni, petizioni e campagne di sensibilizzazione. La gattara militante è sempre informata sulle ultime notizie riguardanti i gatti, e denuncia ogni forma di maltrattamento o abuso. La sua missione è di salvare il maggior numero possibile di gatti dalla strada o dai canili, e di trovare loro una famiglia adottiva.

- La gattara nascosta:
è quella che ama i gatti ma non può averne per motivi vari, come allergie, divieti condominiali o familiari contrari. La gattara nascosta si rifugia quindi nel mondo virtuale, dove segue blog, forum e siti dedicati ai gatti, e dove si crea un'identità alternativa da gattara a tutti gli effetti. La sua speranza è di poter un giorno realizzare il suo sogno di avere un gatto tutto suo.

- La gattara artistica:
è quella che usa i gatti come fonte di ispirazione per le sue opere d'arte, che siano dipinti, sculture, fotografie o poesie. La gattara artistica ama esprimere la sua creatività attraverso i suoi amici felini, e cerca di catturare la loro bellezza, la loro personalità e il loro umorismo. La sua casa è un vero e proprio museo dedicato ai gatti, dove espone le sue creazioni.

- La gattara scientifica:
è quella che studia i gatti dal punto di vista biologico, comportamentale o genetico. La gattara scientifica ha una vera passione per la scienza felina, e cerca di capire i segreti e i misteri dei suoi compagni a quattro zampe. La sua casa è un laboratorio attrezzato con libri, strumenti e esperimenti piacevoli riguardanti i gatti.

- La gattara ecologista:
è quella che ha uno o più gatti in casa e li considera come alleati nella salvaguardia dell'ambiente. Li nutre con cibo biologico, li sterilizza, li adotta da rifugi o colonie feline e li educa al rispetto della natura. si impegna

a sensibilizzare gli altri sul benessere degli animali e a sostenere le associazioni che si occupano di gatti randagi o abbandonati.

- **La gattara libertina:** è quella che lascia i gatti liberi di esplorare e cacciare all'aperto, senza preoccuparsi troppo dei pericoli o delle conseguenze. Crede che i gatti abbiano bisogno di seguire il loro istinto selvaggio e di vivere la loro vita come vogliono.

- **La gattara ansiosa:** è quella che protegge i gatti da ogni rischio e li tiene sempre in casa, cercando di stimolarli con giochi e attività.
È molto preoccupata per la salute e la sicurezza dei suoi mici e non sopporta l'idea che possano farsi male o perdersi .

- **La gattara intermedia:** è quella che trova un equilibrio tra libertà e protezione. Lascia che i suoi gatti escano di giorno, ma li richiama in casa di notte. Accettan che i gatti abbiano bisogno di esprimere la loro natura, ma allo stesso tempo vuole garantirgli un rifugio sicuro e confortevole.

- **La gattara part-time:** è quella che non si considera una padrona, ma solo ospite temporanea dei suoi gatti. Non pretende di controllare o vincolare i mici, ma li accoglie quando si presentano a casa loro. È consapevole che i gatti possono andare e venire come preferiscono e che possono affrontare situazioni pericolose, come parte del ciclo naturale della vita.

A prescindere dalla categoria di appartenenza a cui possano far parte gli amanti dei gatti, essi hanno comunque tutti una sola cosa in comune: il gatto è un membro della famiglia a tutti gli effetti che merita rispetto e protezione. Ma anche qualcosa di più, per lui o lei i gatti sono:

Esseri meravigliosi e affettuosi che arricchiscono la vita di chi li accoglie in casa; amici fedeli e intelligenti che sanno comunicare con i loro umani in modi diversi; animali indipendenti e curiosi che amano esplorare il mondo e scoprire cose nuove; creature eleganti e graziose che si distinguono per la loro bellezza e personalità.

Gattari si nasce, non si diventa. Questa è la convinzione di molti amanti dei gatti, che si dedicano con passione e dedizione alla cura dei felini randagi o abbandonati. Ho conosciuto personalmente un paio di donne convinte di essere state un gatto in una vita precedente. Una mia amica sostiene di essere stata la gatta personale della regina Cleopatra. Chissà. Comunque, essere un gattaro non significa solo nutrire i gatti, ma anche proteggerli, sterilizzarli, vaccinarli e cercare di trovare loro una casa. Essere un vero gattaro significa anche affrontare le difficoltà e le critiche di chi non condivide questo amore, di chi vede i gatti come una minaccia o un fastidio. Essere gattaro significa avere un cuore grande e sensibile, capace di accogliere e rispettare ogni forma di vita.

Chi non ama i gatti? Questi adorabili felini sono da sempre fonte di ispirazione, affetto e divertimento per i loro umani. In questo libro troverete una raccolta di storie divertenti sui gatti e sui gattari, ovvero le persone che li amano e li accudiscono. Scoprirete le avventure, le marachelle e le curiosità di questi piccoli amici a quattro zampe, che sanno regalare sorrisi e tenerezza in ogni situazione.

Che si tratti di gatti famosi, di gatti eroi, di gatti buffi o di gatti misteriosi, ogni storia vi farà apprezzare ancora di più il fascino e la personalità di questi animali. Questo libro è dedicato a tutti i gattari del mondo, che sanno quanto sia speciale avere un gatto nella propria vita.

Cléo, la gatta di Cleopatra

LE GATTARE SONO TUTTE DONNE?

Perché le gattare sono tutte donne? Questa è una domanda che molti si pongono, ma che non ha una risposta semplice. Forse le donne hanno un'attrazione naturale verso i felini, forse i gatti sono più affettuosi e indipendenti di altri animali, forse le donne si sentono meno sole in compagnia dei mici. O forse è solo un cliché che non corrisponde alla realtà. Dopotutto, ci sono anche degli uomini che amano i gatti e che ne hanno tanti in casa. Si chiamano gattari, e sono altrettanto appassionati e devoti delle loro controparti femminili. Quindi, forse la domanda giusta non è perché le gattare sono tutte donne, ma perché ci sono così pochi gattari maschi? Forse perché la società li considera meno virili o meno maschili, forse perché hanno paura di essere giudicati o derisi, forse perché non trovano il tempo o lo spazio per accudire i loro amici pelosi. O forse è solo un altro cliché che non corrisponde alla realtà. Forse i gattari uomini operano di notte e di nascosto. Dopotutto, l'amore per i gatti non ha sesso, età o confini. L'amore per i gatti è universale, e chi lo prova sa quanto sia bello e gratificante. I gatti sono esseri viventi che meritano il nostro amore e la nostra cura. Ricordiamoci che un gatto non è un giocattolo, ma un compagno di vita. E poi, tanto per citare un paio di gattari maschi famosi, per esempio sappiate che:
-Freddie Mercury: il leader dei Queen era un vero e proprio gattofilo e ne possedeva sei: Tom, Jerry, Oscar, Tiffany, Delilah e Goliath. Li considerava parte della sua famiglia e li chiamava spesso al telefono quando era in tour. Delilah fu anche la musa ispiratrice della canzone omonima dell'album Innuendo.
- Albert Einstein: il genio della fisica aveva un debole per i gatti e ne possedeva uno chiamato Tiger. Si dice che Einstein parlasse spesso con il suo gatto e che lo usasse come termometro per misurare il suo umore. Se Tiger era rilassato, significava che Einstein era tranquillo; se invece era nervoso, significava che Einstein era stressato.
Anatole France era uno scrittore francese che vinse il premio Nobel per la letteratura nel 1921. Fu un altro grande amante dei gatti. Sì, avete capito bene, dei gatti. Infatti, uno dei suoi primi racconti si intitolava "Il gatto

magro". La sua tomba si trova nel cimitero di Neuilly-sur-Seine e porta la seguente iscrizione: "Qui riposa Anatole France, membro dell'Institut, premio Nobel, amico degli uomini e dei gatti". Una vita da gatto, insomma.

IL PROFILO DELLA GATTARA

Ora proviamo a tracciare un profilo generico della gattara:
Quasi tutti amano i gatti, li trovano adorabili, simpatici e intelligenti, poco invasivi. Molti invece non sopportano le gattare, quelle persone che hanno decine di gatti in casa e li trattano come se fossero dei figli. Le gattare sono spesso considerate delle pazze, delle ossessionate, delle disperate. E vi spiego perché.
Esistono dei luoghi comuni sulle gattare, ovviamente esagerati:
Innanzitutto, le gattare non hanno una vita sociale. Passano tutto il tempo a coccolare i loro mici, a parlare con loro, a comprare loro cibo e giocattoli. Non escono mai di casa, non hanno amici, non hanno hobby. La loro unica ragione di vita sono i gatti. E questo secondo i nemici delle gattare è triste, perché i gatti non ricambiano il loro affetto. I gatti sono indifferenti, dicono, egoisti e dispettosi. Se potessero, scapperebbero via appena ne avessero l'occasione. Ma le gattare non se ne rendono conto, anzi credono che i loro gatti le amino più di chiunque altro.
In secondo luogo, le gattare (sempre secondo i nemici delle stesse) non hanno una vita sentimentale. Non hanno un partner, non hanno una famiglia, non hanno dei figli. Si sono arrese all'amore e si sono rifugiate nei gatti. Pensano che i gatti siano meglio degli uomini, che non le tradiscano, che non le deludano, che non le facciano soffrire. Ma questo è falso, perché i gatti non sono fedeli, non sono affettuosi, non sono romantici. Sono solo degli animali che seguono il loro istinto e che si accoppiano con chiunque. Ma le gattare non lo sanno, anzi si illudono che i loro gatti siano dei principi azzurri.
In terzo luogo, le gattare non hanno una vita professionale. Non hanno un lavoro, non hanno una carriera, non hanno delle ambizioni. Si sono rassegnate alla mediocrità e si sono dedicate ai gatti. Pensano che i gatti siano più importanti del denaro, della fama, del successo.

Ma questo è sciocco, perché i gatti non pagano le bollette, non danno soddisfazioni, non fanno crescere. Sono solo dei parassiti che vivono alle spalle delle loro padrone. Ma le gattare non lo capiscono, anzi si convincono che i loro gatti siano dei geni.

Insomma, le gattare sono delle sfigate, delle frustrate, delle infelici? E io mi chiedo: perché? Perché rinunciare a tutto per dei gatti? Perché vivere in una bolla di peli e di miagolii? Perché non cercare di essere felici con degli esseri umani? Io credo che le gattare abbiano bisogno di aiuto, di sostegno, di terapia. E soprattutto di una cosa: di un bel ...ca...ne.

Un cane che le morda se si avvicinano troppo ai gatti. Ovviamente sto ironizzando su me stessa. Noi gattare siamo semplicemente straordinarie.

Nella seconda parte del libro, scritta da Jean Bruschini e con la mia collaborazione, troverete una raccolta di storie divertenti di gatti protagonisti assoluti. Questi felini sono capaci di sorprendere, commuovere e divertire con le loro avventure e le loro personalità. In ogni storia, i gatti vivono avventure incredibili e mostrano la loro intelligenza, il loro coraggio e il loro fascino. Questo libro è dedicato a tutti gli amanti dei gatti e a chi vuole scoprire il loro mondo. Un libro da leggere e da regalare a tutti gli amanti dei gatti.

Seconda parte:
Storie di Gatti

UN GATTO DI NOME FUFFI

La prima gattara che incontreremo questa sera è Maria.

"Amoreeee...Amore, sono rientrata? Ti sono mancata, Amore mio? Ciao, Fuffi. Come stai oggi? Ti sei divertito a dormire sul divano tutto il giorno mentre io lavoravo come una schiava? Sì, lo so, la vita è dura per te. Devi sopportare le mie lamentele, i miei problemi, le mie ansie. Ma sai che ti voglio bene, vero? Sei il mio unico amico in questo mondo crudele. Sai Fuffi cosa mi è successo oggi? Mi ha chiamato il capo e mi ha detto che devo fare degli straordinari per finire un progetto urgente. (risatina ironica) Un progetto che non mi interessa per niente, tra l'altro. E sai cosa gli ho risposto? Gli ho detto che ero malata, caro il mio Fuffi, e che non potevo lavorare. E sai perché? Perché volevo stare con te, Fuffi. Perché tu sei la mia priorità. Tu sei la mia speranza.

Ma non pensare che io sia una codarda, Fuffi. Ho anche delle paure, sai? Ho paura di rimanere sola, di non trovare mai l'amore, di non realizzare i miei sogni. Ho paura di invecchiare, di ammalarmi, di morire. Ma tu non hai queste paure, vero Fuffi? Tu sei felice con le piccole cose. Una ciotola di crocchette, una pallina da mordere, una carezza sul pelo. Tu sei il mio maestro di vita, Fuffi.

Ecco perché ti parlo così, Fuffi. Perché so che tu mi capisci, anche se non mi rispondi. Perché so che tu mi ascolti, anche se non mi guardi. Perché so che tu mi ami, anche se non me lo dici. Tu non sei come quegli esseri UMANI che ti dicono costantemente TI AMO e poi pensano solo a sé stessi. Sei il mio preferito, Fuffi. Anche se a volte mi fai impazzire con le tue marachelle."

Fuffi: "Miao miao miao miao."

"Come dici? Ah, Spero che ti sia piaciuto il tonno che ti ho dato. Sai, sei il mio preferito tra tutti i gatti che ho avuto. Sei così morbido e coccolone, e mi fai sempre ridere con le tue smorfie. Mi ricordi il mio primo gatto, si chiamava Micio. Era un bel gattone rosso, sempre affamato e birichino. Un giorno mi ha portato un topo morto in salotto, pensando di farmi un regalo. Che schifo! Ma lo amavo lo stesso, era il mio Micio. Poi è morto di vecchiaia, e mi sono sentita così sola. L'ho seppellito nel vaso, sul balcone, e ora quando osservo i gerani parlo con lui. Per fortuna c'eri tu, Fuffi, a consolarmi con le tue fusa e le tue leccatine. Sei il mio angelo peloso, Fuffi. Ti voglio bene, sai? E non importa se gli altri mi chiamano la gattara pazza. Io so che tu mi capisci, vero? Vero?"

Fuffi: "miao!"

"Sai, una volta ho incontrato un signore molto gentile che mi ha offerto un caffè al bar. Mi ha detto che anche lui aveva un gatto, e che si chiamava Fuffo. Ma pensa un po' che coincidenza: Fuffo! Mi ha fatto vedere una foto sul cellulare, ed era identico a te! Stessi occhi verdi, stessa macchia sul naso, stessa coda a spirale. Mi sono chiesta se fosse tuo fratello o tuo cugino. Poi il signore mi ha chiesto se volevo andare a casa sua a vedere Fuffo dal vivo. Io sono andata a casa sua e ho cominciato a chiamare: Fuffo, Fuffo...ma Fuffo non rispondeva. Solo allora ho capito che quel signore era un imbroglione e che non aveva nessun gatto. Allora sono fuggita via perché non volevo lasciarti solo. Tu sei la mia priorità, Fuffi. Tu sei il mio amore."

Fuffi: "Miaooooo!"

"Come? Hai ancora fame? "- osserva la gattara - "Ma non perdiamo tempo, tesoro, il cibo è già pronto!" (prende la scatola di cibo per gatti).

"Ok, vediamo... pollo, manzo, pesce... cosa preferisci oggi?"

Fuffi si guarda intorno schifato.

Maria, sorridendo: "Ah, vedo che sei indeciso, eh? Beh, allora ti preparo un bel piattone speciale ..."

DRING DRING (squilla il telefono): è Franca.

"Ah Franca, sei tu, scusami mi hai preso in un momento complicato… sto preparando un piatto speciale per il mio Fuffi che ultimamente è un po' apatico e desidero risvegliare la sua allegria con un piatto sofisticato. Cosa gli sto preparando di speciale? Il suo piatto preferito: un tris di involtini di pesce gatto serviti con polenta e broccoli caramellizzati. Ora la sua mamma li prepara…per il suo Fiffi adorato. Io lo tratto bene il mio gatto, mica gli do quelle scatolette piene di schifezze…come fai tu, mica. Cosa mi dici del mio menù, lo sto viziando il mio Fuffi, eh? (sicuramente è gelosa) Lo so che tu non hai tempo per preparare dei piattini gustosi per il tuo gatto. Cosa dici? Non è niente di eccezionale? Sentiamo, allora, tu

cosa gli hai preparato al tuo Nerone per pranzo? Uhm... dici:
Antipasto:
- Tartare di tonno con avocado e crostini di pane integrale
Primo piatto:
- Linguine alle vongole veraci con pomodorini freschi e basilico
Secondo piatto:
- Filetto di branzino al cartoccio con carote baby e patate novelle al rosmarino
Contorno:
- Insalata di rucola, carciofi e fagiolini con dressing all'arancia
Dolce:
- Tiramisù alle fragole e mascarpone
Bevande:
- Acqua minerale a discrezione
- Vino bianco Chardonnay
- Tè alle erbe per digerire."
"Ti ho lasciata senza parole, eh?" dice la sua amica Franca.
"Si, vabbè, mah! Avocado, rucola, carciofini... sembra un menù vegano...E poi io mi assicuro sempre che sia cibo biologico e privo di ormoni, per esempio aggiungo sempre un po' di riso per i carboidrati sani... Ora ti devo lasciare, vado a pulire tutte le pentole e padelle da cucina e poi distribuisco il pranzo al mio piccolo amico con la coda."
Fuffi si avvicina al piatto, annusando diffidente prima di assaporare, mentre Maria resta accanto a lui per tutto il tempo, esternando un dialogo in cui è sempre lei a formulare le domande e le risposte. Quando parla al suo gatto, cambia completamente il suo tono di voce. Non usa più la sua voce normale, ma una vocina acuta e stridula che sembra uscire da un cartone animato. Dice cose come "Chi è il mio micio bello? Chi è il mio tesoro peloso? Chi vuole una coccola?" e poi lo riempie di baci e carezze. Il gatto la guarda con aria annoiata e a volte le sfugge dalle braccia. "Vuole un bacio il mio micio, vero? Vuole tutto! Vuole tutto lui! E come si fa a dire di no a questa faccina? Non si può! Non si può dire di no a questa faccina! Sei troppo dolce, sei troppo tenero, sei troppo carino! Ti amo tanto, tanto, tanto! Poi, senza aspettare una risposta, continua: "Lo so,

lo so, sei un gatto molto bravo e intelligente. Ti voglio bene, sai? Sei il mio tesoro."

E poi, cambiando voce, risponde per il gatto: "Grazie mamma, anche io ti voglio bene. Sei la mia eroina. Mi dai sempre da mangiare e mi fai le coccole. Sei la migliore del mondo." Così fa ogni giorno, convinta che il gatto la capisca e le risponda, mentre lui si limita a fare le fusa e a dormire.

Fuffi

FIBONACCI, IL GATTO MATEMATICO

C'era una volta un gatto di nome Fibonacci che amava la matematica. Era così appassionato di numeri che ogni giorno si divertiva a contare le sue zampe, i suoi baffi, i suoi peli e le sue crocchette. Un giorno, mentre stava facendo i suoi calcoli, si accorse di una strana sequenza che si ripeteva ovunque: 1, 1, 2, 3, 5, 8, 13... Era la famosa serie di Fibonacci! Il gatto ne rimase affascinato e decise di cercare altri esempi di questa serie nella natura. Scoprì che la serie di Fibonacci si trovava nei petali dei fiori, nelle spirali delle conchiglie, nelle ramificazioni degli alberi e persino nel DNA. Fibonacci era felice di aver scoperto il segreto della bellezza e dell'armonia del mondo. Così, ogni volta che vedeva un fiore, una conchiglia, un albero o un altro gatto, gli diceva: "Sei un capolavoro della matematica!" Un giorno incontrò una gattina molto carina che si chiamava Fiorella. Fibonacci le si avvicinò e le disse:

"Ciao, mi chiamo Fibonacci e sono un gatto matematico. Sai che sei bellissima?"

"Grazie, mi chiamo Fiorella e sono una gatta fiorista. Sai che sei simpatico?"

"Sì, lo so. Sai anche che i tuoi petali seguono la serie di Fibonacci?"

"La serie di Fibonacci? Cos'è?"

"È una sequenza di numeri che si ottiene sommando i due precedenti. Per esempio: 1, 1, 2, 3, 5, 8, 13..."

"E cosa c'entra con i petali dei miei fiori ?"

"C'entra molto! Guarda: hai cinque petali sulla testa, otto sul collo e tredici sulla coda. Sono tutti numeri della serie di Fibonacci!"

"Davvero? Che meraviglia! E tu come lo sai?"

"Lo so perché mi piace la matematica e la vedo ovunque. Anche tu sei un capolavoro della matematica!"

"Che dolce! Mi piaci molto Fibonacci. Vuoi venire con me a vedere i fiori?"

"Certo! Mi piacerebbe molto Fiorella. Andiamo a vedere i fiori!"

E così Fibonacci e Fiorella si innamorarono e vissero felici e contenti in mezzo ai fiori e ai numeri. Fibonacci era il sole della vita di Fiorella e

Fiorella era il fiore del cuore di Fibonacci. Insieme formavano una coppia perfetta come due numeri consecutivi della serie di Fibonacci.
Il giorno del matrimonio, Mentre Fibonacci e Fiorella si scambiavano le promesse, Fibonacci non poté resistere a dire:
"Prometto di amarti come la serie di Fibonacci continua all'infinito..."
E vissero felici tra numeri e petali.

Fibonacci

CAMILLO, GATTO ETRUSCO

Si chiamava Camillo il gatto più furbo di Tarquinia. Era nero come la notte e aveva gli occhi verdi come le foglie. Viveva in una casa ricca, dove non gli mancava nulla: cibo, acqua, coccole e un bel posto dove dormire. Ma Camillo non era contento. Voleva esplorare il mondo e vivere avventure. Così, ogni notte, scappava dalla sua casa e si aggirava per le strade della città, alla ricerca di qualcosa di interessante.

Una notte, Camillo vide una luce in una delle tombe etrusche che si trovavano fuori dalle mura. Era incuriosito e decise di andare a vedere. Si infilò in un buco nel muro e si ritrovò in una stanza piena di affreschi colorati e di oggetti preziosi. Camillo era affascinato da tutto quello splendore e cominciò a girare per la tomba, toccando con la zampa anelli, collane, vasi e statuette. Ad un tratto, sentì una voce che lo chiamava: "Chi sei tu? Cosa fai qui?"

Camillo si voltò e vide uno scheletro seduto su un trono. Era il defunto che era stato sepolto nella tomba. Camillo ebbe paura e cercò di scappare, ma lo scheletro lo bloccò con una mano ossuta.

"Non temere, piccolo gatto. Non voglio farti del male. Sono solo solo e annoiato. Nessuno viene mai a farmi visita. Mi faresti compagnia per un po'?"

Camillo non sapeva cosa fare. Da una parte, voleva andarsene il più presto possibile. Dall'altra, era curioso di parlare con uno scheletro.

"Va bene" - disse Camillo - "ma solo per un po'. Come ti chiami?"

"Mi chiamo Larth e sono stato un re etrusco. E tu?"

"Mi chiamo Camillo e sono il gatto più furbo di Tarquinia."

"Ah, sei un gatto furbo? E cosa sai fare di così furbo?"

"So fare tante cose: so aprire le porte, rubare il cibo, nascondermi dai cani, imitare i versi degli altri animali..."

"Davvero? E mi puoi fare sentire qualche verso?" chiese lo scheletro.

"Certo, ascolta qui."

E Camillo cominciò a fare il verso del gallo, del cane, del cavallo, della mucca e dell'asino. Lo scheletro rimase stupito e divertito da quelle imitazioni e rise a crepapelle.

"Sei davvero un gatto furbo e simpatico, mi piaci molto. Ti prego, resta

con me. Ti darò tutto quello che vuoi. Ti darò i miei gioielli, i miei vestiti, il mio trono..."

"Grazie, ma non mi interessano queste cose, io voglio solo essere libero di andare dove voglio e fare quello che mi piace."

"Ma qui puoi fare quello che ti piace: puoi giocare con i miei oggetti, puoi dormire sul mio letto, puoi mangiare il cibo che mi portano..."

"Il cibo che ti portano?" - ripeté Camillo - "E chi te lo porta?"

"I miei servi, naturalmente! Ogni notte vengono qui a portarmi del cibo fresco e a cambiarmi le bende."

"E dove sono ora i tuoi servi?" chiese Camillo.

"Sono fuori ad aspettarmi. Appena finiamo di parlare, li chiamerò e gli dirò di portare del cibo anche a te."

Camillo capì che lo scheletro stava mentendo. Non c'erano servi fuori dalla tomba. Era solo una trappola. Lo scheletro voleva tenerlo prigioniero nella tomba per sempre.

Camillo decise di usare la sua furbizia per scappare da quella situazione.

"Sai una cosa? Mi hai convinto. Voglio restare con te. Ma prima devo dirti una cosa."

"Cosa?" chiese lo scheletro.

"Devo dirti che sei il re etrusco più bello e saggio che abbia mai visto." disse Camillo.

"Davvero? Grazie! Sei molto gentile!" disse lo scheletro lusingato.

"Sì, davvero. E sai perché sei così bello e saggio?"

"No, perché?" chiese lo scheletro.

"Perché hai dei denti meravigliosi."

"I miei denti? Ma se sono tutti rotti e cariati!" disse lo scheletro.

"No, no, sono bellissimi! Sono bianchi come le perle e lucenti come le stelle! Fammeli vedere meglio!" disse Camillo.

Lo scheletro si avvicinò al gatto e aprì la bocca per mostrargli i denti.

Il gatto approfittò di quel momento e gli saltò in faccia, graffiandolo con le unghie. Lo scheletro urlò dal dolore e si portò le mani alla faccia.

Camillo ne approfittò per scappare dal buco nel muro e correre via dalla tomba. Lo scheletro rimase solo nella sua stanza, arrabbiato e deluso.

Camillo tornò a casa sua, felice di aver scampato il pericolo.

LUNA, LA GATTINA CHE AMAVA L'AVVENTURA

Luna, una gatta bianca dal pelo morbido e lucente, amava l'avventura e non si stancava mai di guardare il cielo stellato. Ogni notte, si arrampicava sul tetto della sua casa e osservava le stelle con gli occhi sgranati e il cuore colmo di meraviglia. Adorava poter viaggiare nello spazio e osservare da vicino le stelle che tanto la affascinavano. Si immaginava di poterle toccare con la zampa, di saltare da una stella all'altra, di giocare con le comete e le meteore. A volte, le piaceva inventare nomi buffi per le stelle, come "Palla di Pelo", "Zampetta Brillante" o "Micio Celeste". Luna era una sognatrice, sempre pronta a immaginare mondi fantastici e meravigliosi al di là della Terra. Si chiedeva spesso cosa potesse esistere al di là del firmamento e se altre forme di vita intelligenti esistessero. Forse c'erano altri gatti come lei, che sognavano di esplorare lo spazio, o forse creature strane e diverse con cui poteva fare amicizia. Magari esistevano topi spaziali giganti, che poteva inseguire e catturare, oppure pesci volanti da pescare con la coda.
Luna possedeva un grande spirito esploratore e non perdeva occasione per scoprire nuovi posti e avventure. Amava gironzolare per il quartiere, entrare nei giardini altrui, nascondersi tra i cespugli e i fiori, e seguiva con curiosità gli uccelli e i topi. Non le importava molto capire la scienza dello spazio, lei voleva solo vivere la sua fantasia. Luna sperava che un giorno il suo sogno potesse realizzarsi e che avrebbe potuto salire a bordo di una navicella spaziale per un viaggio nell'ignoto. Fino a quel momento, si accontentava di sognare ad occhi aperti e di godersi la bellezza del mondo che la circondava. Era sempre affascinata dalle stelle e dalla Luna che vedeva dalla finestra della sua casa. Un giorno, mentre i suoi padroni erano fuori, Luna vide in televisione un lancio di un razzo spaziale. Decise che era la sua occasione per realizzare il suo sogno e decise di scappare di casa per dirigirsi verso il cosmodromo. Arrivata lì, si nascose in una valigia e riuscì a salire a bordo del razzo senza essere vista. Il razzo partì, e Luna si sentì felice e spaventata allo stesso tempo. "Wow, sono davvero nello spazio!" pensò Luna. "Non vedo l'ora di vedere la Luna da vicino!" Dopo un lungo viaggio, il razzo raggiunse la Luna e la micia poté uscire

dalla valigia e guardare fuori dal finestrino. Era meravigliata dal panorama che si presentava ai suoi occhi: la Terra era un pallone azzurro e bianco, le stelle brillavano di più e la Luna era tutta grigia e polverosa.

Luna, con il suo spirito avventuroso, decise di esplorare la superficie lunare. Indossò una tuta spaziale appositamente progettata per i gatti, con tanto di casco a visiera per il suo piccolo musetto e due fori per far uscire le orecchie. Uscì con grande entusiasmo dal razzo e iniziò a saltellare sulla Luna, facendo capriole e giocando a rincorrere le pietre spaziali.

"Wow, che bello qui!" esclamò Luna, mentre faceva un triplo salto mortale spaziale. "Mi sento così leggera e libera, come un gatto che ha appena scoperto una scatola nuova!"

Ma non era sola. Presto si accorse che la Luna era popolata da tanti gatti come lei, che avevano costruito basi sotterranee in cui vivevano. I gatti lunari erano estremamente accoglienti e gentili con Luna. Le raccontarono che provenivano da pianeti diversi e si erano uniti per formare una grande comunità lunare.

"Ciao, io mi chiamo Mimi e vengo da Marte," disse una gatta rossa con le macchie nere.

"Piacere, io sono Luna e vengo dalla Terra," rispose Luna.

"Benvenuta sulla Luna, sulla Luna!" le disse un gatto arancione con le strisce nere. "Io mi chiamo Tigre e vengo da Giove."

"Grazie, siete tutti così simpatici!" disse Luna, mentre faceva amicizia con i nuovi amici spaziali.

Tra tutti i gatti, c'era anche Leo, un gatto nero dal pelo corto e dagli occhi verdi. Leo decise di fare da guida a Luna e le mostrò tutti i segreti e le meraviglie della Luna, dal suo cratere preferito a una pietra lunare speciale.

"Vieni con me, ti farò vedere la nostra base segreta dei giochi a gravità zero." disse Leo con un sorriso affascinante.

Luna accettò con entusiasmo e lo seguì, mentre i loro code si intrecciavano come orbite intorno a un pianeta. Luna si innamorò di Leo e decise di rimanere sulla Luna con lui. Così, il sogno di Luna di esplorare lo spazio si trasformò anche in una storia d'amore interplanetaria.

"Ti amo, Leo," sussurrò Luna sotto il cielo stellato della Luna.

Tigre, il gatto che veniva da Giove

PARLI GATTESE?

E se potessimo capire la lingua dei gatti? Ecco cosa direbbero…se potessero parlare con Anna la Gattara:

Anna: "Buongiorno, mio dolce micio! Come hai dormito?"

Coriandolo: "Miaoo!. (Lasciami in pace, voglio ancora dormire.)"

Anna: "Ti ho preparato la tua pappa preferita, quella al tonno. Vieni a mangiare!"

Coriandolo: "Miaoooo. (Non voglio il tonno, l'ho mangiato ieri, oggi gradirei del salmone.)"

Anna: "Dai, non fare il capriccioso. Lo sai che il tonno fa bene al tuo pelo!"

Coriandolo: "Miao miaoo. (Il mio pelo è già perfetto, grazie.)"

Anna: "Vabbè, se non vuoi mangiare, almeno vieni a farmi una coccola. Mi sento sola."

Gatto: "Miaooo?. (Sola? Hai altri cinque gatti in casa. Lasciami stare.)

Anna: "Ma come sei ingrato! Ti ho salvato dalla strada, ti ho dato un tetto e tanto amore, e tu mi tratti così?"

Coriandolo: "Miao Maiao?. (Amore? Mi hai messo un collare rosa con le paillettes e mi hai chiamato Coriandolo. Mi hai rovinato la vita.)"

Anna: "Non dire sciocchezze, Coriandolo. Sei il mio tesoro, il mio angioletto, il mio cucciolo."

Coriandolo: "Miao, miao, mià. (Ho voglia di frequentare qualche gatta, ci vediamo più tardi.)"

Anna: "Ma come farò senza di te? Chi mi terrà compagnia? Chi mi scalderà il letto? Chi mi leccherà le orecchie? Coriandolo, aspetta! Ti do tutto quello che vuoi! Ti cambio il nome, ti tolgo il collare, ti compro il salmone!"

Coriandolo: "Miao, miau, miaoo. Mià mià. (Troppo tardi, gattara. Ormai è finita tra noi. Ciao ciao.)"

Non sempre i rapporti sono rose e coriandoli

Coriandolo

LE DONNE SCELGONO L'UOMO CHE AMA I GATTI

Ho detto che le gattare non hanno una vita sentimentale. Ho esagerato, non è vero: scelgono solo uomini che amano i gatti.

Ecco come funziona la vita sentimentale di una gattara classica:

In un piccolo paese della Toscana viveva una donna di nome Gina, appassionata di gatti. Ne aveva almeno una dozzina in casa, e li trattava come fossero i suoi figli. Il suo fidanzato, invece, detestava i gatti e li considerava una fonte di sporcizia e di allergie. Un giorno, dopo l'ennesima lite per via dei felini, Gina decise di lasciare il compagno e scappare con i suoi gatti. Prese una valigia, ci mise dentro i dodici gatti, e salì sul primo treno che passava. Non sapeva dove andare, ma sapeva che voleva starsene lontana da quell'uomo insensibile che non capiva il suo amore per gli animali. Il treno si fermò in una stazione vicino al mare, e Gina scese con la sua grande valigia colma di gatti. Si guardò intorno e vide un cartello che diceva "Affittasi camere". Pensò che fosse un segno del destino, e si avviò verso il numero indicato. Bussò alla porta e le aprì il portiere notturno, un signore anziano con una barba bianca e un cappello da marinaio. "Buongiorno, signora. Cosa posso fare per lei?" le chiese con un sorriso. "Buongiorno, signore. Sono in cerca di una camera per me e per il mio Romeo" rispose Gina. "Un gatto? Ma qui non sono ammessi animali!" esclamò il signore. "Per favore, signore. Non ho nessun altro posto dove andare. Il mio gatto è buono e pulito, non le darà fastidio" implorò Gina. "Beh, va bene. Ma solo per una notte. E mi deve pagare in anticipo" disse il signore, cedendo alla dolcezza di Gina. "In fin dei conti, un solo gatto non potrà dare problemi. Domani mattina, dica pure al padrone che le ho dato il permesso io." disse il portiere. Gina entrò nella camera e la trovò piccola ma accogliente. C'era un letto, un armadio, un tavolino con due sedie e una finestra che dava sul mare. Si chiese come fosse possibile inserire in una stanza tutti quei mobili inutili e nessun tiragraffi. Gina aprì la valigia e tirò fuori il cibo per i gatti e una ciotola per l'acqua. Poi si sdraiò sul letto insieme ai suoi gatti e si addormentò, stremata dal viaggio. I mici si accoccolarono accanto a lei e cominciarono a fare le fusa. La mattina dopo, Gina si svegliò al suono delle onde che

Romeo e i suoi fratelli

si infrangevano sulla spiaggia. Si alzò dal letto e si affacciò alla finestra. Rimase incantata dal panorama che si offriva ai suoi occhi: il mare era azzurro e brillante, la sabbia era dorata e soffice, e il sole splendeva nel cielo senza nuvole. Si sentì felice come non lo era da tempo. Decise di fare una passeggiata sulla spiaggia con i gattini, per godersi quella bellezza.Si vestì in fretta e uscì dalla camera con tutti i suoi gatti al guinzaglio, sapendo che non avrebbe incontrato il portiere notturno. Scese le scale e incontrò il signore della reception. "Buongiorno, signora. Come ha dormito?" le chiese lui. "Benissimo,

31

grazie. Questo posto è meraviglioso" rispose lei.

"Mi fa piacere che le piaccia. Sa, sono il proprietario di questo piccolo albergo. Mi chiamo Giorgio," si presentò lui.

"Piacere, Giorgio. Io sono Gina e questi sono i miei piccoli," aggiunse, mostrando i suoi gatti con orgoglio.

Giorgio guardò estasiato tutti i gatti, uno ad uno, rimanendo colpito dalla loro bellezza. Era un grande amante dei gatti, ma non poteva averne a causa dell'allergia di sua madre. Si avvicinò per guardarli meglio e fece una carezza sulla testa del gattino bianco.

"Come fa a riconoscerli e a ricordare i loro nomi?" chiese Giorgio, incuriosito.

"Quello che sta accarezzando si chiama Otto. Ho dato loro dei nomi pratici da ricordare: Uno, Due, Tre, Quattro, Cinque, Sei, Sette, Otto, Nove, Dieci, Undici, Dodici."

Il gattino bianco rispose alle carezze di Giorgio con un miagolio affettuoso. "Siete davvero belli!" esclamò l'uomo.

"Grazie," disse Gina, sorridendo.

Si scambiarono uno sguardo intenso e sentirono nascere una scintilla tra loro. Si resero conto di avere molto in comune: la passione per i gatti, il desiderio di libertà, la voglia di vivere nuove avventure.

"Signora Gina, vorrebbe fare colazione con me?" chiese Giorgio timidamente.

"Mi farebbe molto piacere," rispose Gina dolcemente.

Si presero per mano e si avviarono verso la sala da pranzo dell'albergo.

Così iniziò la loro storia d'amore: una storia comica ma romantica tra una gattara che lasciò il fidanzato e scappò con i gatti, e un albergatore che si innamorò di lei e dei suoi piccoli amici pelosi.

LA MAGA CHE INVENTO' IL GATTO

C'era una volta una maga di nome Olivia che viveva in una torre solitaria. Il mago amava gli animali e aveva una collezione di creature magiche che teneva come compagni. Per esempio aveva: un topo senza baffi, una giraffa verde senza collo, un elefante rosa e altri animali strani, ma nessuno di questi poteva dialogare con lui. Un giorno, la maga decise di creare un nuovo animale, unendo le caratteristiche di diversi esseri e che fosse speciale. Prese un po' di pelo di leone, un po' di zanne di tigre, un po' di occhi di gufo, un po' di orecchie di pipistrello e un po' di coda di scimmia. Poi mescolò il tutto in una pentola e pronunciò una formula segreta. Dalla pentola uscì una nuvola di fumo e poi apparve una piccola creatura pelosa, con gli occhi grandi e luminosi, le orecchie a punta, le zanne aguzze e la coda lunga e ricurva. Olivia rimase incantata dal suo esperimento e chiamò quel nuovo animale gatto. Il gatto era molto curioso e intelligente e si affezionò subito alla donna. Col tempo insegnò al gatto a parlare e a fare piccole magie e i due divennero inseparabili. Ma con il passare dei giorni il gatto era sempre più triste perché tutti gli altri animali avevano un nome, tranne lui.

La maga Olivia, era nota in tutto il regno come un inventore di incantesimi pazzeschi. Un giorno, mentre cercava di trovare il nome perfetto per il suo gatto, che aveva da poco adottato, aveva la testa piena di pensieri. "Beh, hai ragione micio, ti ho chiamato gatto, ma hai bisogno di un vero nome." disse. Seduta sul suo calderone, con un libro di incantesimi in una mano e il gatto nero addormentato nell'altra, Olivia disse: "Certo, dovrà avere un nome straordinario, un nome che rifletta la sua personalità felina e la mia abilità magica."

Così, prese il libro e cercò nella sezione degli incantesimi di trasformazione, ma si rese conto che i nomi erano troppo complicati. Provò poi con i nomi di stelle e pianeti, ma sembravano inadatti per un gatto. Olivia si grattò la testa e disse: "Ehi, micio, cosa ne dici se ti chiamassi 'Palla di Pelo'?" Il gatto la guardò con uno sguardo confuso e tornò a fare la nanna. Olivia saltò sulla sua scopa e decise di volare nel regno alla ricerca di ispirazione. Durante il suo volo, vide un campo di girasoli giganti che sembravano sorridere al sole. Tornò rapidamente a casa, svolazzando su una scopa magica e svegliò il suo gatto.

"Ah, sì! Che ne dici di 'Solegirasole'?" propose al micio.

Tuttavia, il gatto sbadigliò e sembrò tutto tranne che entusiasta. La maga Olivia iniziò a sentirsi sempre più frustrata.

All'improvviso, il gatto si svegliò e iniziò a fare le fusa. Olivia rise e disse: "Ecco, mi hai dato l'idea perfetta! Ti chiamerò 'Ronforon'. Un nome che fa anche rima, proprio come il suono del tuo ronronare!"

E così, il gatto di Olivia divenne Ronforon, un nome buffo e perfetto per un gatto magico in un mondo incantato. Da quel giorno in poi, la maga Olivia e Ronforon vissero molte avventure, orgogliosi di quel nome unico e divertente che faceva ridere chiunque lo sentisse.

Tuttavia, un giorno, il gatto iniziò a sentirsi solo, poiché era l'unico gatto esistente in tutto il regno. Questa solitudine lo riempì di tristezza. Durante una delle sue esplorazioni nella torre di Olivia, scoprì un misterioso libro nascosto, che conteneva i segreti della magia. La sua innata curiosità lo spinse ad aprirlo. Tuttavia, ciò che non sapeva era che quel libro era incantato, pronto a scatenare una magia inarrestabile che avrebbe cambiato il corso della sua vita.

Miao, Miaooo, Miaooooo, fece il gatto, mentre leggeva il libro che sembrava prendere il controllo su di lui. Incuriosito, il gatto lo prese e uscì dalla torre, con l'intenzione di trovare un posto tranquillo da cui avrebbe potuto mettere in pratica ciò che aveva appreso. Sperava di creare molti gatti identici a lui. Tuttavia, non aveva idea che gli incantesimi contenuti nel libro non avrebbero funzionato senza l'anello magico della maga.

Il gatto vagò per il mondo e, ovunque andava, cercava di usare la magia per creare copie di se stesso. Ma, con sua grande sorpresa, gli incantesimi producevano gatti di tutti i colori e non solo neri. I gatti si moltiplicarono rapidamente e invasero le città e i villaggi. Gli esseri umani, inizialmente diffidenti e sospettosi di questi strani animali pelosi, cambiarono idea quando scoprirono che erano affettuosi, docili e in grado di liberare le loro case dai topi. Tuttavia, la popolazione felina cresceva in modo esponenziale, e Ronforon iniziò a rimpiangere la vecchia torre e il mago Olivio. Decise, quindi, di tornare a casa. I gatti divennero così gli animali domestici preferiti degli uomini, portando amore e allegria ovunque andassero. E il mago della storia? Beh, Olivia divenne la prima gattara del mondo, circondata dall'affetto e dalla compagnia di innumerevoli gatti colorati. E così finisce questa fantastica storia sull'origine dei gatti, una storia in cui la magia e l'amore hanno trasformato un mondo solitario in un luogo di allegria e affetto.

Olivia e i suoi mici

ISIDORO, GATTO PITTORE

Un giorno, Isidoro, il gatto di un pittore si annoiò della sua vita monotona e decise di fare qualcosa di creativo. Vide un barattolo di vernice blu sul tavolo del suo padrone e pensò: "Perché non provare a dipingermi? Forse così diventerò un'opera d'arte anch'io".

Così, senza pensarci due volte, si tuffò nel barattolo e ne uscì tutto blu.

Il gatto si sentì subito diverso e speciale. Voleva mostrare al mondo il suo nuovo look. Uscì di casa e si mise a passeggiare per le strade di Parigi. La gente lo notava e lo guardava con ammirazione.

"Che bel gatto!" esclamò una signora.

"Sembra uscito da un quadro di Picasso!" disse un passante.

"È un genio!" disse un artista. "Questo gatto ha inventato un nuovo stile di pittura!"

"È adorabile!" sospirò una bambina. "Posso accarezzarlo?"

Il gatto si godeva tutti questi complimenti e si sentiva orgoglioso di sé. Si fermò davanti a una vetrina e si ammirò riflesso. "Sono bellissimo!" pensò. "Sono un capolavoro!"

Ma non tutti erano d'accordo con lui. Un cane randagio lo vide e gli abbaiò contro. "Che cosa sei?" gli chiese. "Sei un gatto o una macchia?"

Il gatto lo ignorò e continuò a camminare. Ma il cane lo seguì e lo provocò. "Sei ridicolo!" gli disse. "Sei solo un gatto sporco!"

Isidoro si arrabbiò e gli rispose: "Non capisci niente di arte! Sono un gatto blu! Sono unico!"

Il cane rise e gli disse: "Sei un gatto blu? Allora sei anche stupido! Sai cosa succede ai gatti blu?"

Il gatto lo guardò incuriosito e gli chiese: "Cosa succede ai gatti blu?"

Il cane gli sorrise maliziosamente e sentenziò: "I gatti blu vengono catturati dai topi verdi!" Il gatto rimase perplesso e gli chiese: "I topi verdi? Chi sono i topi verdi?"

Il cane gli disse: "I topi verdi sono i nemici dei gatti blu! Sono dei topi che si dipingono di verde per confondersi con l'erba. Sono molto furbi e cattivi. Ti aspettano in agguato e poi ti saltano addosso!" Il gatto si spaventò e gli domandò: "Davvero? E dove sono questi topi verdi?"

Isidoro, gatto pittore

Il cane gli disse: "Sono ovunque! Sono nascosti nei parchi, nei giardini, nei campi... Non puoi sfuggire ai topi verdi!"

Il gatto Isidoro si sentì improvvisamente in pericolo e decise di tornare a casa. "Che sciocchezza! Non esistono i topi verdi". Corse via dal cane e si mise a cercare la strada per il suo appartamento. Ma era troppo tardi. I topi verdi erano già in azione.

Da ogni angolo, da ogni buco, da ogni cespuglio, spuntarono dei topi verdi che si lanciarono sul gatto blu. Il gatto cercò di difendersi, ma erano troppi. Lo morsero, lo graffiarono, lo tirarono per la coda.

"Help! Help!" gridava il gatto in inglese. "Aiuto! Aiuto!"

Ma nessuno lo sentiva o lo aiutava perché a Parigi parlano francese e non inglese. Tutti pensavano che fosse uno scherzo o una performance artistica.

"Bravo! Bravo!" applaudiva la gente. "Che spettacolo divertente!"

"Che idea originale!" commentava qualcuno. "Un gatto blu attaccato da dei topi verdi!"

"Che allegoria!" esclamava un critico. "Una metafora della condizione dell'artista nella società moderna!"

Il gatto blu capì che aveva fatto un grosso errore. Si rese conto che non era un'opera d'arte, ma solo un gatto dipinto. Isidoro si pentì di aver voluto cambiare il suo aspetto e la sua vita. Si augurò di essere di nuovo un gatto normale. Ma ormai era troppo tardi.

Isidoro era disperato. Si sentiva come un pesce fuor d'acqua, come un uccello in gabbia, come un fiore senza profumo o come un gatto senza coda. Nessun altro gatto voleva giocare con lui. Tutti lo guardavano come se fosse un mostro, un alieno, un fantasma. Non sopportava più di essere blu. Si sentiva ridicolo e solo. Nessun altro gatto voleva giocare con lui. Tutti lo guardavano con sospetto e paura. Si chiedeva perché aveva deciso di dipingersi di quel colore. Forse perché voleva assomigliare ai quadri del suo padrone, che erano così belli e colorati. Forse perché voleva farsi notare da lui, che lo trascurava sempre. Forse perché voleva essere diverso dagli altri gatti, che gli sembravano noiosi e banali. Ma ora si rendeva conto che era stato un errore. Era infelice e triste. Voleva tornare ad essere un gatto normale, con il pelo nero e gli occhi verdi.

Voleva correre per i tetti, cacciare i topi, anche quelli verdi, fare le fusa e dormire al sole. Voleva avere degli amici, dei compagni, un padrone più presente. Ma non c'era niente da fare. Il colore non andava via. Era indelebile. Il suo padrone pittore lo aveva usato per dipingere quadri di arcobaleni, quelli che tutti ammiravano e compravano. Ma nessuno voleva avvicinarsi a un gatto tutto blu, e Isidoro ormai stanco di fuggire desiderava soltanto tornare alla vita di prima.

"Che cosa ti è successo?" gli chiese un giorno un vecchio gatto grigio, che lo aveva conosciuto quando era ancora nero.

"Mi sono dipinto di blu." rispose Isidoro, con voce sommessa.

"Perché hai fatto una cosa così stupida?" insistette il vecchio gatto.

"Non lo so." ammise Isidoro. "Forse perché volevo assomigliare ai quadri del mio padrone, che sono stupendi arcobaleni, come fuochi d'artificio, come sogni. Forse perché volevo farmi notare da lui, che mi trascurava sempre. Forse perché volevo essere diverso dagli altri gatti, che mi sembravano grigi e noiosi."

"E sei contento ora?" domandò il vecchio gatto.

"No." sospirò Isidoro. "Sono davvero infelice e triste".

"Povero gatto." disse il vecchio gatto, scuotendo la testa. "Hai fatto un grosso errore. Dobbiamo accettare ciò che siamo, la nostra natura e il colore del nostro pelo."

Mentre ascoltava, Isidoro si leccava il pelo inutilmente, sperando di togliere quel colore indelebile. "Questo colore non va via. E' come una maledizione, come una catena, come una prigione."

"Non disperare." gli disse allora una giovane gatta bianca, che si era avvicinata incuriosita al gatto blu. "Forse c'è una soluzione al tuo problema."

"Quale?" chiese il gatto, speranzoso.

"Vieni con me." disse la gatta bianca. "Ti porto da un amico che sa tutto sui colori. Lui ti aiuterà a tornare normale."

Il gatto Isidoro seguì la gatta bianca, che lo condusse in un laboratorio pieno di tubetti e pennelli. Lì incontrò un altro pittore, che si chiamava Matisse.

"Matisse, questo è il gatto di un pittore che per sbaglio è diventato blu." disse la gatta bianca. "Si è dipinto di blu e ora si pente."

"Piacere di conoscerti." disse Matisse a Isidoro. "Non preoccuparti, ho la soluzione per te."

"Quale?" ripeté il gatto.

"Ti dipingo di rosso e di giallo." disse Matisse.

"Di rosso e di giallo?" esclamò il gatto.

"Sì, di rosso e di giallo." confermò Matisse. "Il rosso è il colore complementare del blu. Se li mescoli insieme al giallo ottieni il nero."

"E poi?" chiese il gatto.

"E poi ti lavi con acqua e sapone e torni come prima." spiegò Matisse.

"Davvero?" chiese Isidoro.

"Davvero." assicurò Matisse.

Isidoro accettò la proposta e si lasciò dipingere di rosso e di giallo da Matisse. Poi si lavò con acqua e sapone e vide con gioia che il suo pelo era tornato nero e i suoi occhi verdi.

"Ce l'hai fatta!" esclamò la gatta bianca, abbracciandolo.

"Grazie!" ringraziò il gatto, felice.

"Grazie a te." disse Matisse, soddisfatto. "Hai ispirato la mia nuova collezione di quadri con gatti rossi." Il gatto sorrise e si congedò da Matisse. Poi seguì la gatta bianca, che lo portò a conoscere i suoi amici. Da quel giorno, il gatto di Picasso fu di nuovo un gatto normale, ma anche un po' speciale. Perché aveva vissuto un'avventura incredibile e aveva trovato l'amore.Un giorno, mentre passeggiava per le strade di Parigi, si imbatté nel vecchio padrone, che lo riconobbe subito."Ma sei tu!" esclamò il pittore, afferrandolo per la collottola. "Il mio gatto! Ma dov'eri finito?"

"Ho avuto una brutta avventura, ma ora sono tornato." disse il gatto. "Mi sei mancato, Isidoro." esclamò il pittore. "Sei il mio gatto e lo sarai sempre. Da quando sei partito ho perso l'ispirazione e sono diventato povero. Nessuno compra più i miei quadri"

"Ho un'idea, amico mio." esclamò Isidoro "Perché non inizi a dipingere quadri di gatti blu?"

"Fantastico! È un'idea strordinaria." disse il pittore. "non vedo l'ora di riprendere a dipingere." Da quel giorno i quadri del pittore vennero acquistati ed esposti in tutti i musei. E Isidoro? Isidoro divenne famoso in tutto il mondo per aver ispirato il periodo blu del suo padrone...Picasso.

IL MOTORE A PULCE

C'era una volta una gattara di nome Bice che viveva in una vecchia casa piena di gatti. La casa era un po' fatiscente, con le finestre rotte, le pareti scrostate e il tetto che perdeva. Ma Bice non se ne curava. L'unica cosa che le interessava erano i suoi gatti, la sua unica compagnia. Ne aveva di tutti i colori e di tutte le razze, e li chiamava con nomi buffi come Pippo, Pluto, Paperino e Minnie. Un giorno, mentre stava dando da mangiare ai suoi amici felini delle scatolette di tonno, sentì bussare alla porta. Andò ad aprire e si trovò davanti un uomo con un cappello a cilindro e una valigetta. L'uomo era alto e magro, con i capelli rossi e la barba incolta. Indossava un abito nero con una cravatta a pois e delle scarpe lucide.

"Buongiorno, signora. Mi chiamo Alberto e sono un venditore di motori a pulce. Posso entrare?" disse l'uomo con un sorriso smagliante.

"Motori a pulce? Che cos'è questa novità?" chiese Bice, incuriosita.

"Si tratta di una rivoluzionaria invenzione che permette di far correre i gatti a velocità incredibili. Basta attaccare una piccola pulce meccanica al pelo del gatto e il gioco è fatto. Il gatto diventa più agile, più forte e più felice. E non solo: i motori a pulce sono anche ecologici, economici e silenziosi. Vuole provare?" disse Alberto, entrando in casa senza aspettare il permesso.

Bice era un po' perplessa, ma anche tentata dall'offerta. Amava i suoi gatti e voleva il loro bene. Forse i motori a pulce potevano essere utili per la loro salute e il loro divertimento.

"Va bene, facciamo una prova. Ma solo con uno dei miei gatti, per ora. Quale scegliamo?" disse Bice, guardandosi intorno.

Alberto si avvicinò a un gatto nero che dormiva sul divano e lo prese in braccio. Il gatto era grosso e peloso, con gli occhi verdi e una macchia bianca sul petto. Aveva un'espressione fiera e indifferente.

"Questo mi sembra perfetto. Si chiama?" chiese Alberto.

"Si chiama Agenore. Ma attenzione, è un po' nervoso. Non gli piace essere disturbato" avvertì Bice.

"Non si preoccupi, signora. I motori a pulce sono delicati e indolori. Basta applicarli alla base della coda e il gatto non si accorgerà di niente" disse, tirando fuori dalla valigetta una piccola scatola con dentro una dozzina di pulci metalliche. Alberto aprì la scatola e prese una pulce tra le dita. La pulce era rotonda e luccicante, con sei zampe sottili e due antenne. Sulla schiena aveva una rotellina che serviva per regolare la velocità. Alberto portò la pulce vicino alla coda di Agenore e la lasciò andare. La pulce si attaccò al pelo del gatto con un click appena udibile.

"Ecco fatto! Ora il suo gatto è pronto per correre come un razzo!" esclamò Alberto, soddisfatto. Bice guardò Agenore con ansia. Il gatto sembrava tranquillo, ma non appena Alberto lo mise giù sul pavimento, qualcosa cambiò. Agenore si alzò in piedi, sbadigliò e poi si mise a correre per la casa a una velocità impressionante. Saltava sui mobili, sui quadri, sulle tende, sulle lampade, facendo cadere tutto quello che incontrava. Poi si fermò davanti alla porta d'ingresso e la sfondò con un colpo di testa.

Bice e Alberto rimasero sbalorditi. "Dove va?" chiese Bice.

"Non lo so, signora. Forse vuole fare un giro fuori." disse Alberto.

"Ma come fa a tornare indietro? E se si perde? E se si fa male? E se lo investe una macchina?" disse Bice, preoccupata.

"Non si agiti, signora. I motori a pulce hanno una durata limitata. Dopo ottanta giorni si spengono da soli e il gatto torna normale" disse Alberto.

"Speriamo bene" disse Bice. Poi si voltò verso gli altri gatti che la guardavano spaventati. I gatti erano nascosti sotto il tavolo, dietro le sedie, dentro i cassetti. Alcuni miagolavano, altri ringhiavano, altri tremavano.

"E adesso cosa facciamo con questi?" chiese Bice.

Alberto sorrise e aprì di nuovo la valigetta.

"Signora, ho una proposta da farle. Se lei compra tutti i miei motori a pulce, le faccio uno sconto speciale. Così potrà rendere felici tutti i suoi gatti e divertirsi a vederli correre" disse Alberto. Bice lo guardò con orrore.

"Ma lei è pazzo? Vuole che io trasformi la mia casa in una pista da corsa? Vuole che io metta in pericolo i miei gatti e i miei vicini e che diventi la gattara pazza del quartiere?" disse Bice.

"No, signora. Io voglio solo che lei sia felice" esclamò Alberto.

"Beh, allora se ne vada via e mi lasci in pace. E porti via anche i suoi motori a pulce. Non li voglio vedere mai più" urlò Bice.

Alberto capì che non c'era niente da fare. Riprese la valigetta e uscì dalla casa, sperando di trovare altre gattare lungo la strada.

Bice si mise a riordinare il disastro e a consolare i suoi gatti.

Intanto il gatto Agenore continuava a viaggiare e a spedire cartoline alla sua padrona da tanti posti lontani: dal Madagascar, dall'Alaska, da Machu Pichu e dalla Siberia. Ma allo scadere degli ottanta giorni, quando il motore a pulce finalmente si fermò e Agenore poté tornare dal suo incredibile giro del mondo fatto correndo, era irriconoscibile. I suoi peli folli stavano ritti come se avesse preso la scossa di un fulmine potente, i suoi occhi vivaci erano spiritati come se avesse visto dei fantasmi spaventosi, ma il suo sorriso radioso era felice come se avesse vinto alla lotteria più ricca del mondo. Aveva affrontato con successo mille pericoli: era sfuggito ai cani feroci che gli avevano dato la caccia nella valle dell'Urubamba, aveva attraversato i deserti aridi della Namibia che gli avevano bruciato le zampe in Africa, aveva scalato le montagne innevate del Tian Shan che gli avevano gelato il pelo in Asia. Era stanco e affamato ma soddisfatto della sua impresa. Si buttò sul divano morbido e accogliente e iniziò a fare le fusa rumorose, sognando croccantini e scatolette di tonno.

Agenore, gatto a motore

I GATTI DI MARGHERITA

C'era una volta una gattara di nome Margherita, una donna anziana con una passione sfrenata per i gatti. Viveva in una casa così piena di gatti che poteva tranquillamente essere considerata un gattile personale. Aveva gatti di tutte le forme e dimensioni, dai piccoli gattini curiosi ai vecchi gatti brontoloni.

Un giorno, Margherita decise di fare una grande festa per i suoi gatti. Li considerava membri della sua famiglia, quindi pensò che meritassero una celebrazione speciale. Si mise all'opera per preparare un buffet per gatti che sarebbe stato degno di una cena di gala. Preparò crocchette di lusso, pesce fresco e addirittura qualche boccone di pollo arrosto.

La festa iniziò, e Margherita invitò tutti i suoi gatti a unirsi al banchetto. Tuttavia, sembrava che i gatti non avessero alcun interesse nel cibo preparato con tanto amore. Invece di tuffarsi sui piatti prelibati, i gatti iniziarono a giocare con le decorazioni, spingendo i tovaglioli sul pavimento e facendo cadere i piatti.

Margherita cercò di persuaderli a mangiare, ma i gatti sembravano decisi a farla impazzire. Uno di loro si arrampicò sulla tavola e si sdraiò in mezzo a tutti i piatti, mentre un altro tirò fuori i pompon di una palla di Natale e iniziò a correre in giro con essi tra le zampette.

La gattara era sconvolta, ma poi decise di unirsi al divertimento. Si tolse le scarpe, mise da parte il buffet e si unì ai gatti nella loro festa disordinata. Corse per casa inseguita da gattini giocosi, fece finta di essere un topo nascondendosi sotto il tavolo, e persino si lanciò in un'epica lotta con un gatto di nome Poldo. La festa si trasformò in un caos allegro e Margherita rideva come non faceva da anni. Alla fine, si sedette con i suoi amici felini e condivise una semplice cena con loro, mangiando crocchette e bevendo latte. Da quel giorno, Margherita capì che i momenti più preziosi con i suoi gatti erano quelli di pura gioia e spontaneità. Non serviva un buffet di lusso; bastava la compagnia e l'amore dei suoi amici a quattro zampe per farla sentire la persona più fortunata del mondo. E così, Margherita e i suoi gatti continuarono a vivere felici, celebrando ogni giorno come una festa di gatti.

La grande festa dei gatti

IL MISTERO DEL GATTO SCOMPARSO

Era una mattina come tante per la signora Bianchi, una gattara appassionata che viveva in un minuscolo appartamento con il suo adorato gatto Micio. Ma al momento del risveglio, scoprì con terrore che Micio non giaceva nel suo solito posto sul cuscino accanto a lei. Lo cercò freneticamente, persino dentro il tostapane e dietro il frigorifero, ma niente.

Il gatto era svanito nel nulla, come se si fosse scatenato in un'epica avventura felina. La signora Bianchi non si perse d'animo e decise di lanciarsi in una serie di investigazioni, più bizzarre e comiche di un episodio di Miss Marple. Si equipaggiò con il suo improbabile impermeabile beige, un cappello a falda larga che pareva sfidare la legge di gravità, e impugnò con una mano il binocolo, come se si stesse preparando per un safari nel giungla urbana. Con l'altra mano, afferrò il trasportino, giusto in caso Micio avesse deciso di tornare a casa in stile "Gli Aristogatti".

Mentre iniziava la sua opera da detective, la signora Bianchi si imbatté in una serie di personaggi strambi e bizzarri che sembravano usciti direttamente da un libro di fiabe strampalate. C'era il veterinario ipocondriaco, convinto che i gatti fossero portatori di un'epidemia di malattie rare; la medium vegana che cercava di comunicare con gli spiriti dei gatti tramite il tofu; e persino un ladro di gioielli che, ironicamente, aveva un debole per i felini pelosi.

"Scusi, ha visto per caso il mio gatto? E' bianco e nero, ha un solo occhio e una macchia a forma di cuore sulla fronte, si chiama Micio," domandò la signora Bianchi al veterinario, che starnutì come se avesse appena incontrato un esercito di gatti pelosi.

"No, mi dispiace, non l'ho visto. Ma se vuole le posso dare un consiglio: porti subito il suo gatto dal dottor Fido, è un esperto di felini. Io sono allergico ai gatti, mi fanno venire il raffreddore, la tosse, l'orticaria...," rispose il veterinario mentre cercava il suo pacco di fazzoletti.

"Grazie lo stesso, il mio gatto non è malato, ma scomparso! Non credo che il dottor Fido possa aiutarmi a ritrovare Micio. Buona giornata," disse la signora Bianchi con un sorriso forzato mentre allontanava rapidamente il naso dal veterinario starnutente. La signora Bianchi continuò le sue peripezie, domandando alla medium, "Signorina, per caso ha notato il mio gatto? È sparito da questa mattina. È un micio adorabile, bianco e nero, con una macchia a forma di cuore sulla fronte." La medium chiuse gli occhi, si mise a meditare e rispose, "Non vedo il suo gatto, ma vedo un'enorme palla di lana che rotola in avanti e indietro. Forse Micio ha deciso di organizzare una partita di bowling felino!"

La signora Bianchi era al limite della pazienza e si chiese se non avesse sbagliato casa. Ma non avrebbe rinunciato a Micio così facilmente. Decise di continuare a cercare, pronta a affrontare ogni strampalato personaggio o situazione comica che le si parasse davanti. Ecco come iniziò la sua avventura nel mondo dei gatti sperduti, degli indizi sbagliati e delle risposte improbabili. La signora Bianchi non si arrese e decise di seguire

ogni pista, anche le più ridicole. Si ritrovò coinvolta in situazioni rocambolesche e divertenti, come inseguire un furgone stracolmo di gatti randagi, infiltrarsi in una setta di adoratori dei felini, e scappare da un maniaco armato di forbici che sosteneva di essere un barbiere gattofilo che voleva tagliere i baffi di tutti i gatti per fabbricare un cuscino morbido. Ma quando stava per perdere la speranza, la signora Bianchi ricevette una telefonata anonima. Una voce misteriosa le disse che Micio era in suo possesso e che se lo voleva riavere, doveva pagare un riscatto. La signora Bianchi, nonostante la sua disperazione, non era disposta a farsi imbrogliare di nuovo. Così, preparò una valigetta piena di croccantini e si recò al luogo dell'incontro.

Quando arrivò, rimase sconcertata nello scoprire che il rapitore era niente meno che il suo ex marito, un uomo avido e meschino che l'aveva tormentata per anni.

"Cosa vuoi da me? Perché hai rapito Micio? Lascialo andare subito!" esclamò la signora Bianchi vedendo il suo ex marito con Micio in braccio. "Ti spiego tutto. Ti ho rapito Micio perché volevo vendicarmi di te. Sei stata tu a lasciarmi per lui. Hai preferito un gatto a me! Un gatto!" urlò il signor Bianchi.

"Ma come puoi dire una cosa del genere? Io ti ho lasciato perché eri un marito terribile! Trattavi male me e il gatto. E poi, tu non sei amato dai gatti! Li hai sempre maltrattati!" replicò la signora Bianchi.

"Non è vero! Io amo i gatti! Sono i miei migliori amici! Guarda quanti ne ho!" disse il signor Bianchi, aprendo il suo cappotto per rivelare una dozzina di gatti nascosti al suo interno.

"Sei completamente matto! Quei poveri gatti stanno soffrendo! Lasciali respirare liberi!" disse la signora Bianchi.

"Mai! Sono miei! Li ho rubati da varie case e li tengo con me! Sono i miei tesori! Come questo qui!" disse il signor Bianchi stringendo Micio al petto.

"Lascia stare Micio! E' mio! Me lo restituisci subito o ti denuncio!" disse la signora Bianchi.

Il motivo del rapimento era semplice: il signor Bianchi voleva vendicarsi della sua ex moglie che lo aveva lasciato per Micio. Era geloso del

Il rapitore di gatti

legame tra la donna e il gatto e voleva rovinarle la vita. Ma non aveva fatto i conti con l'astuzia della signora Bianchi e con l'affetto di Micio. Il gatto, infatti, approfittò di un momento di distrazione del rapitore, si liberò dalla stretta del signor Bianchi e saltò sulla testa dell'uomo, graffiandolo e mordendola. La signora Bianchi ne approfittò per prendere Micio in braccio e scappare via.

Gli altri gatti, approfittarono del momento in cui il ladro aprì il cappotto per fuggire, si precipitarono fuori come una marea di peli e zampe scattanti. L'uomo si ritrovò letteralmente sommerso dalla folla di gatti, che iniziarono a strappare i bottoni del suo cappotto, a saltellare sulla sua schiena e persino a rubargli il cappello.

"Ma cosa state facendo? Tornate qui, gatti maldestri!" gridò disperato l'uomo, mentre cercava invano di fuggire da quei gatti infuriati.

Nel frattempo, la signora Bianchi e Micio erano tornati a casa sani e salvi. Avevano riso dell'intera assurda situazione mentre gustavano una tazza di tè all'erba gatta. Micio, soddisfatto di aver recuperato la sua tranquilla vita da gatto domestico, si accoccolò sulle ginocchia della sua amata padrona, come se volesse rassicurarla che non se ne sarebbe mai più allontanato. Nel frattempo, il rapitore di gatti, circondato da una banda di pelosetti birichini, si arrese e decise di lasciarli andare. Si rese conto che non poteva sconfiggere la natura indipendente e capricciosa dei gatti. Li lasciò liberi di scappare e, in un battito d'ali, sparirono nelle strade della città, per tornare alle loro case.

VOGLIO UN GATTO

Le gattare sono persone appassionate di gatti, ma anche molto esigenti. Non si accontentano di mettere annunci su Facebook per trovare una casa ai loro mici, ma vogliono essere sicure che i potenziali adottanti siano degni di fiducia. Per questo, hanno ideato un questionario di 800 pagine da compilare prima di poter vedere un gattino. Il questionario contiene domande di ogni tipo, dalla storia personale alla situazione economica, dalle abitudini alimentari alle preferenze musicali. Chi vuole adottare un gattino deve dimostrare di essere una persona responsabile, amorevole, paziente e soprattutto gattofila. Solo così le gattare si sentono tranquille di affidare i loro piccoli a una nuova famiglia. Ma non è finita qui: le gattare vogliono anche fare una visita a domicilio per controllare le condizioni della casa e la presenza di eventuali pericoli per il gattino. Inoltre, richiedono di poter mantenere il contatto con gli adottanti e di ricevere foto e aggiornamenti sul benessere del micio. Insomma, le gattare sono molto protettive dei loro gatti, ma anche molto generose nel condividerli con chi li sa amare. E se qualcuno non passa il test? Beh, può sempre adottare un bambino.

Bene, dalle facce credo di capire che secondo voi io stia esagerando. Allora, vi racconto cos'è successo a me il giorno in cui decisi di affidarmi ad una gattara per l'adozione di un micio.

Decidemmo in casa e di comune accordo, mia moglie ed io, di adottare un micio, quindi cercammo tra gli annunci di Facebook e finalmente ci rispose una gattara di nome Miryam, alla quale chiesi l'indirizzo per andare a prelevare il gatto. Myriam sorrise in modo ironico e mi disse che sarebbe venuta lei a casa nostra per fare il test.

L'indomani, la gattara si presentò alla porta con una valigia piena di oggetti. "Buongiorno, sono qui per il test di adozione del gatto. Mi lascia entrare?" chiede con tono autoritario. Io, sorpreso, accettai e la feci accomodare. La gattara iniziò a tirare fuori dalla valigia vari oggetti: una bilancia, un termometro, un metro, una penna e un foglio. "Questi sono gli strumenti necessari per il test. Ora mi segua in ogni stanza della casa e risponda alle mie domande" disse Myriam la gattara. Mia moglie ed io, confusi, obbedimmo. La gattara entrò prima in cucina e posò la bilancia sul tavolo. "Quanto pesa il suo frigorifero?" chiese.

"Il mio frigorifero? Non lo so, non l'ho mai pesato" risposi.

"Come non lo sa? Deve sapere quanto pesa il suo frigorifero! Il peso del frigorifero è fondamentale per la salute del gatto! Se il frigorifero è troppo pesante, potrebbe schiacciare il gatto se dovesse cadere. Se il frigorifero è troppo leggero, potrebbe non contenere abbastanza cibo per il gatto. Deve pesare il suo frigorifero subito!" esclamò la gattara.

Io e mia moglie, increduli, cercammo di sollevare il frigorifero ma non ci riuscimmo.

"Non riusciamo a sollevarlo, è troppo pesante" dissi.

"Non va bene! Deve pesare il suo frigorifero subito!" esclamò la gattara.

"Ma come faccio a pesare il frigorifero? Non ho una bilancia abbastanza grande" risposi io.

"Usi questa!" disse la gattara indicando la bilancia che aveva portato.

"Questa bilancia è per le persone, non per i frigoriferi!" rispose mia moglie.

"Non importa! Basta che ci metta sopra il frigorifero e legga il peso!" disse la gattara. Cercai di sollevare il frigorifero ma non ci riuscii.

"Non riesco a sollevarlo, è troppo pesante" dissi.

"Allora è troppo pesante! Non va bene! Deve cambiare frigorifero!" sentenziò la gattara. E scrisse un grande NO sul suo taccuino delle domande, mentre mi fissava con disappunto. La gattara entrò poi in bagno e posò il termometro sul lavandino.

"Qual è la temperatura dell'acqua del rubinetto?" chiese.

"L'acqua del rubinetto? Non lo so, non l'ho mai misurata" risposi.

"Come non lo sa? Deve sapere qual è la temperatura dell'acqua del rubinetto! La temperatura dell'acqua del rubinetto è fondamentale per la salute del gatto! Se l'acqua del rubinetto è troppo calda, potrebbe scottare il gatto se dovesse bere o lavarsi. Se l'acqua del rubinetto è troppo fredda, potrebbe congelare il gatto! Deve misurare la temperatura dell'acqua del rubinetto subito!" esclamò la gattara. Mia moglie, perplessa, aprì il rubinetto e mise il termometro sotto l'acqua. "Dice 25 gradi" dice. "Allora è troppo fredda! Non va bene! Deve cambiare rubinetto!" sentenziò la gattara, mentre annotavo sul quaderno le migliorie da apportare alla mia casa. La gattara entrò in camera da letto e posò il metro sul comodino. "Quanto è lungo il suo letto?" chiese.

"Il mio letto? Non lo so, non l'ho mai misurato, ma credo che i letti siano tutti lunghi uguale." risposi sorpreso.

"Come non lo sa? Deve sapere quanto è lungo il suo letto! La lunghezza del letto è fondamentale per la salute del gatto! Se il letto è troppo lungo, potrebbe far cadere il gatto se dovesse saltare o dormire. Se il letto è troppo corto, potrebbe non dare abbastanza spazio al gatto per stirarsi o rilassarsi. Deve misurare la lunghezza del suo letto subito!" esclamò la gattara. Alla fine, stanco, presi il metro e misurai il letto. "Dice 2 metri". "Allora è troppo lungo! Non va bene! Deve cambiare letto!" sentenziò la gattara...e scrisse sul quaderno un grande NO. La gattara entrò in salotto e posò la penna e il foglio sul divano. "Ora mi scriva una lettera di motivazione per cui vuole adottare un gatto" chiese.

"Una lettera di motivazione? Ma che senso ha?", protestai vivacemente mentre mia moglie annuiva.

"Ha tutto il senso! Deve scrivere una lettera di motivazione per dimostrare che ha le giuste intenzioni e che ama i gatti! La lettera di motivazione è fondamentale per la salute del gatto! Se la lettera di motivazione è troppo breve, potrebbe significare che non ha abbastanza interesse o dedizione per il gatto. Se la lettera di motivazione è troppo lunga, potrebbe significare che ha troppe aspettative o pretese per il gatto. Deve scrivere una lettera di motivazione..."

"...subito?"

...e lei: "Bravo, subito!" esclamò la gattara.

Mia moglie ed io ci fissammo, poi, esasperato, presi la penna e scrissi sul foglio: "Voglio adottare un gatto perché mi piacciono i gatti". Poi riconsegnai il foglio alla gattara.

La gattara lesse il foglio e scosse la testa. "Questa lettera di motivazione è troppo breve! Non va bene! Non ha dimostrato nulla! Non merita di adottare un gatto!" sentenziò la gattara.

Poi prese la valigia e si diresse verso l'uscita. "Mi dispiace ma voi non avete superato il test di adozione del gatto. Vi auguro una buona giornata" disse con tono freddo. E stava per andarsene via senza voltarsi indietro, quando la bloccai sulla porta.

"Eh no, senta ma lei da dove viene? Chi le ha dato l'autorità di fare questi test?"

"Vengo dalla Federazione delle Gattare Italiane (FGI). Sono una volontaria autorizzata a fare questi test per garantire il benessere dei nostri amici felini" rispose la gattara.

"E chi le ha dato questa valigia piena di oggetti inutili?"

"L'ho comprata io con i miei soldi su Internet. Sono oggetti indispensabili per valutare i potenziali adottanti" rispose ancora la gattara.

"E lei quanti gatti ha?" chiese mia moglie con tono di sfida.

"Ho 37 gatti a casa mia e altri 15 in stallo presso altre volontarie della FGI" rispose orgogliosa la gattara.

"E quindi io non sarei idoneo?" chiede incredulo il presunto adottante.

La gattara aprì la valigia e mi mostrò altri oggetti: una palla di lana, un laser rosso, una scatola di cartone, una spazzola, un guinzaglio e una pettorina.

"Se lei fosse stato idoneo, avremmo continuato il test con questi oggetti per verificare se una persona è adatta ad adottare un gatto" spiegò la gattara.

"Ma che senso ha?" protestammo mia moglie ed io.

"Ha molto senso. Ogni oggetto serve a testare una qualità fondamentale per un buon adottante. La palla di lana serve a testare la sua pazienza, il laser rosso serve a testare la sua attenzione, la scatola di cartone serve a testare la sua accettazione, la spazzola serve a testare la sua cura, il guinzaglio e la pettorina servono a testare la sua follia" elencò la gattara.

"E come funzionano questi test?" chiesi con tono da presunto adottante.

"È semplice. Il candidato adottante deve giocare con il gatto usando la palla di lana e vedere quanto tempo resiste prima di perdere la pazienza. Poi deve inseguire il gatto con il laser rosso e vedere quanto tempo resiste prima di stancarsi. Poi deve mettere il gatto nella scatola di cartone e vedere quanto tempo resiste prima di aprirla. Poi deve spazzolare il gatto e vedere quanto tempo resiste prima che il gatto inizi a graffiare. Infine deve mettere al gatto il guinzaglio e la pettorina e vedere quanto tempo la sopporta." spiega la gattara.

"E se non si superano questi test, niente gatto?".

"Allora non potrà adottare il gatto. E nemmeno nessun altro gatto della FGI. E nemmeno nessun altro gatto del mondo. E nemmeno nessun altro animale. E nemmeno nessuna pianta. E nemmeno nessun fungo. E nemmeno nessun batterio. E nemmeno nessun virus. E nemmeno nessun atomo" rispose severa la gattara, uscendo di casa sbattendo la porta.

La volontaria

IL GATTO IPNOTICO

C'era una volta un gatto molto furbo che si chiamava Pippo, un bel gattone rosso e bianco, con una macchia nera sull'occhio destro e una coda lunga e folta. Pippo amava la carne, ma la sua padrona, la signora Maria, una donnina minuta e gracile ma con un cuore d'oro, gli riempiva la ciotolina soltanto di crocchette.

Un giorno, mentre Pippo si trovava a passeggiare nel parco, in cerca di nuovi modi per soddisfare la sua insaziabile voglia di carne, fece una scoperta interessante. Proprio sulla panchina del parco, qualcuno aveva dimenticato un libro dal titolo intrigante: "Diventa Anche Tu un Gatto Ipnotizzatore". La copertina era decorata con immagini di gatti che fissavano intensamente gli occhi di povere vittime umane, che poi facevano tutto ciò che i gatti volevano.

Pippo, sempre alla ricerca di nuovi trucchi, prese il libro con la sua zampetta curiosa e lo sfogliò. Scoprì che si trattava di un manuale su come utilizzare l'ipnosi felina per ottenere ciò che si desiderava dagli umani. C'era una sezione su come fissare uno sguardo irresistibile, un'altra su come fare le fusa ipnotiche, e persino un capitolo su come addormentare un umano mentre il gatto apre il frigorifero.

Il gatto rosso e bianco era affascinato da tutto ciò e decise di mettere subito in pratica quello che aveva imparato. Si recò nuovamente alla macelleria del signor Ettore, deciso a sperimentare il suo potere di ipnosi felina. Si sedette davanti al bancone e fissò il signor Ettore con i suoi occhi verdi, come suggeriva il libro.

"Signor Ettore, ho una fame insaziabile di quella bistecca succulenta che tiene dietro al bancone. La desidero più di qualsiasi altra cosa al mondo" miagolò Pippo con tono ipnotico.

Il signor Ettore sembrava in trance mentre estrasse la bistecca e la porse a Pippo, senza fare domande o chiedere soldi. Pippo si leccò i baffi e se ne andò dalla macelleria, orgoglioso del suo nuovo potere di ipnosi felina. Ma non si accontentò solo di una bistecca. Andò in giro per il quartiere, usando il suo sguardo ipnotico per ottenere pietanze gourmet da ristoranti, scatole di prelibatezze da negozi di animali e addirittura un cuscino riscaldato da un negozio di articoli per animali domestici.

Tuttavia, Pippo non poteva usare il suo potere ovunque. Scoprì che alcuni umani erano più resistenti di altri e che il suo sguardo non funzionava sui cani. Nonostante ciò, il gatto rosso e bianco era soddisfatto della sua nuova abilità, anche se sapeva che doveva usarla con parsimonia. Dopo tutto, non voleva che gli umani lo considerassero un gatto strano o, peggio ancora, un gatto malefico. Ma quando voleva un tocco di lusso, poteva sempre contare sul suo potere di gatto ipnotizzatore.

Questo andò avanti per molto tempo, finché un giorno il signor Ettore si accorse che la sua merce diminuiva sempre più e che il suo conto in banca era in rosso. Allora, decise di installare una telecamera nascosta nella sua macelleria per scoprire chi gli rubava la carne. Quando vide le immagini, rimase sbalordito: era il gatto della vicina! Il signor Ettore si arrabbiò moltissimo e andò a bussare alla porta della proprietaria di Pippo. Le mostrò il video e le chiese di pagare tutti i danni.

"Guarda qui! Questo è il tuo gatto che mi ipnotizza e mi ruba la carne! Devi risarcirmi subito!" urlò il signor Ettore.

"Ma che dici? Sei impazzito? Come può un gatto ipnotizzare un macellaio? Lasciami in pace!" replicò la padrona del micio.

La signora non ci credette e mandò via il signor Ettore in malo modo. Pippo continuò a "fare la spesa" dal macellaio e quest'ultimo non si arrese e portò il caso in tribunale. Lì, però, dovette affrontare una giuria composta da sette gattare, che si schierarono dalla parte di Pippo. Il gatto, infatti, era così carino e simpatico che riuscì a ipnotizzare anche loro e il giudice con i suoi occhi verdi.

"Signor Ettore, lei è accusato di diffamazione e molestie nei confronti del gatto Pippo e della sua padrona. Come si difende?" chiese il giudice.

"Ma come? Non vedete il video? È chiaro che quel gatto mi ha truffato! " protestò il signor Ettore. "Si vede benissimo il gatto che esce a più riprese dal mio negozio con le bistecche in bocca."

"Silenzio! Il video è una prova falsa e manipolata. Il gatto Pippo è innocente e merita tutto il nostro rispetto e la nostra ammirazione. Lei invece è colpevole e deve pagare le spese legali. Caso chiuso!" sentenziò il giudice, un uomo anziano e distinto, con i capelli bianchi e gli occhiali da e gli occhiali da vista, noto per essere un amante degli animali e un sostenitore dei loro diritti.

Il signor Ettore perse la causa e dovette pagare le spese legali. Pippo, invece, divenne una star e ottenne un contratto milionario per girare uno spot pubblicitario per una marca di cibo per gatti. Per un breve periodo Pippo visse felice e contento, poi cominciò a rimpiangere il brivido felino della vita da ladro e le scorrerie furfantesche. Quant'era noioso fare l'attore! Pippo non era sempre stato così. Da piccolo, era stato abbandonato dai suoi padroni e aveva dovuto arrangiarsi per sopravvivere per le strade. Un giorno, affamato e disperato, si era imbattuto in una macelleria e aveva sentito il profumo irresistibile della carne fresca. La macelleria era un piccolo negozio, con le pareti piastrellate di bianco e il pavimento a quadri bianchi e rossi. Sul banco, erano esposte varie tipi di carne, da quella di maiale a quella di agnello, da quella di pollo a quella di manzo. Il macellaio era un uomo grasso e peloso, con un grembiule macchiato e un'espressione severa. Odiava i gatti e non sopportava che Pippo gli rubasse la merce con l'astuzia.

Pippo puntò subito la sua attenzione su una grossa costata di manzo, che gli faceva venire l'acquolina in bocca. Aveva allora deciso di tentare il furto, ma era stato scoperto e cacciato via a calci dal macellaio. Fu quel giorno che Maria lo vide e lo portò a casa sua. Da allora, Pippo aveva sviluppato un'ossessione per le bistecche e una sfida personale con ogni macellaio.

Essendo un vero furfante recidivo, non solo si divertiva a inseguire la sua coda per tutto il giorno, ma continuò a nutrire una forte passione per le bistecche del macellaio. Un giorno, Pippo decise di fare il colpo grosso e rubare una bella costata dal banco del negozio. Ma il macellaio se ne accorse e lo inseguì per la strada, urlando e sventolando un coltello. Il coltello era un'arma affilata e lucente, con una lama lunga e curva e un manico di legno intarsiato. Era il coltello che il macellaio usava per tagliare la carne più pregiata e che teneva sempre con sé come una reliquia. Pippo riuscì a scappare, ma non prima di aver lasciato cadere la sua preda davanti al giudice che stava passeggiando con il suo cane Cosimo. Il giudice, vedendo la scena, convocò il macellaio e il gatto in tribunale per chiarire la questione. Dopo aver ascoltato le testimonianze dei due contendenti, il giudice decise di assolvere Pippo dall'accusa di furto, sostenendo che il gatto agiva per istinto e non per malizia. Il macellaio, invece, fu condannato a pagare le spese processuali e a donare una bistecca a Pippo ogni settimana, come risarcimento per averlo minacciato con il coltello. Così Pippo si godette la sua vittoria e la sua carne, mentre il macellaio imprecava contro tutte le gattare, il giudice e il suo cane.

E Cosimo? Cosimo il cane guardava Pippo con ammirazione e invidia, pensando che forse sarebbe stato meglio essere nato gatto.

Gatto ipnotico

59

FIGARO, IL GATTO MILIARDARIO

C'era una volta un gatto di nome Figaro, ma puoi chiamarlo "Il Gatto delle Meraviglie". Questo micio, Figaro, viveva una vita molto insolita. Invece di dare la caccia ai topi o riposare in un comodo cesto, Figaro trascorreva il suo tempo a esplorare le discariche e a frugare tra i cassonetti della spazzatura. Ma non cercava solo avanzi di cibo, no, lui era alla ricerca di tesori dimenticati.

Figaro aveva una straordinaria abilità nel trovare oggetti strani e misteriosi tra le immondizie. Un giorno scovò una lampada magica, la strofinò e apparve un genio che gli disse: "Figaro, hai diritto a tre desideri." Occasioni del genere sono più uniche che rare. Voi cosa avreste chiesto? Il gatto, senza pensarci due volte, rispose: "Desiderio numero uno, una scatola di tonno senza fine! Desiderio numero due, un cuscino di piume sempre soffice! E desiderio numero tre, una scorta infinita di palle da gioco!" La lampada esaudì i suoi desideri, ma il cuscino di piume si rivelò un'idea sbagliata, perché il gatto iniziò a sguazzare tra le piume e la casa si trasformò in una tempesta di piume svolazzanti. Ma Figaro non se ne preoccupava, era felice.

Un giorno, mentre perlustrava un monte di rifiuti, trovò una macchina fotografica speciale. Ogni foto scattata da quella macchina poteva parlare! Figaro si divertì a scattare foto a tutto ciò che lo circondava e ad ascoltare le storie che le immagini raccontavano. Era come avere un album di foto animate. Ma la sua scoperta più incredibile fu una parrucca colorata che poteva indossare per cambiare il suo aspetto. Era l'accessorio perfetto per le feste. Figaro organizzò una festa di gatti in stile Woodstock nel suo giardino, dove tutti i felini indossarono parrucche sgargianti e ballarono al ritmo di musica jazz.

Figaro era felice con la sua vita fuori dal comune, ma il destino aveva in serbo per lui una sorpresa. Un giorno, mentre passeggiava tra le strade di Roma, incontrò Genoeffa, una vecchia signora che raccoglieva bottiglie di plastica vuote. Il gatto si avvicinò e le fece le fusa. Genoeffa lo prese sotto la sua ala protettiva e lo portò nella sua modesta casa fatta di cartone. Il gatto scoprì che Genoeffa aveva un segreto, una valigia nascosta sotto il suo materasso di stracci, piena di soldi frutto del riciclo delle bottiglie. Genoeffa gli insegnò il valore del risparmio e della semplicità, e Figaro capì che i veri tesori erano le piccole gioie della vita.

Ma quando Genoeffa se ne andò, il gatto ereditò tutto il suo patrimonio, scoprendo di essere diventato il gatto più ricco del mondo, con una villa, servitù e un conto in banca invidiabile. La sua vita divenne una festa continua, ma non dimenticò mai le parole di Genoeffa.

Figaro usò parte della sua ricchezza per aiutare altri gatti randagi, aprendo rifugi e offrendo a tutti la possibilità di avere una vita migliore. E anche se viveva in lusso, era sempre il gatto dalle battute più divertenti, come quella volta in cui disse: "Sono ricco, ma ricco di umiltà, come Genoeffa mi ha insegnato. E la mia Ferrari rossa è solo un piccolo extra!"

Figaro era un gatto unico, che aveva trovato la ricchezza in posti inaspettati, nei tesori della semplicità e nella compagnia dei suoi amici gatti randagi. Era il gatto delle meraviglie, il re del buonumore, e anche quando il mondo sembrava impazzire, lui continuava a ridere e a divertirsi.

LA MEDIUM VEGANA

Elena, una donna anziana con una casa popolata da una dozzina di gatti, aveva una routine quotidiana ben consolidata. Si prendeva cura dei suoi amici felini, dandogli da mangiare, coccolandoli e tenendo lunghe conversazioni con loro come se fossero membri della sua famiglia. Un giorno, però, la sua vita tranquilla fu sconvolta da una visita inaspettata. La porta si aprì, e al suo ingresso, con un'aureola di mistero e uno zaino di cibo vegano per gatti, una medium vegana dei felini, venne a trovarla. Si presentò come esperta di comunicazione con gli animali, inviata in missione dalla FGI (Federazione Gattare Italiane) per sostenere Elena nella gestione dei suoi amici pelosi.

Elena, incuriosita e un po' scettica, decise di ascoltare ciò che la medium aveva da dire. La donna si sedette sul divano, circondata da gatti che l'osservavano con interesse, e iniziò a concentrarsi.

Dopo qualche minuto, aprì gli occhi e disse:

"I tuoi gatti hanno un messaggio per te. Sono felici di vivere qui, ma vogliono farti alcune richieste."

La gattara alzò un sopracciglio e chiese: "Quali richieste?"

La medium rispose: "Innanzitutto, i tuoi gatti preferirebbero che smettessi di dar loro carne. Sanno che è dannosa per la loro salute e per l'ambiente e opterebbero per una dieta vegana."

Elena rimase interdetta:

"Ma come faccio a farli diventare vegani? I gatti sono carnivori!"

La medium spiegò che con una dieta vegana equilibrata e varia, i gatti possono adattarsi, consigliandole di acquistare cibo specifico o di preparare piatti a base di tofu, seitan, legumi e cereali. La gattara era ancora perplessa, ma decise di seguire il consiglio. La medium continuò:

"In secondo luogo, vogliono che tu permetta loro di uscire di casa. Si sentono soffocati in questo spazio chiuso e desiderano esplorare il mondo esterno. Credono di potersela cavare da soli e promettono di tornare a casa ogni sera."

Elena era preoccupata: "Ma come posso lasciarli uscire? Cosa succede se si perdono o vengono investiti da un'auto o rapiti da qualcuno?"

La medium le suggerì di mettere ai gatti un collare con il suo numero di telefono, nel caso in cui succedesse qualcosa. Elena era ancora indecisa, ma la curiosità per le richieste dei suoi gatti la stava spingendo ad ascoltarli. La medium proseguì:

"In terzo luogo, vogliono che tu li rispetti come esseri senzienti, non come oggetti. Chiedono di chiamarli con i loro nomi felini e non con nomi umani. Non vogliono essere obbligati a fare cose che non desiderano, come indossare vestiti o visitare il veterinario. Vogliono essere trattati come compagni di vita, non come bambini o giocattoli."

Elena si sentì offesa:

"Ma io li amo! E mi piace chiamarli con nomi carini e coccolarli! Li tratto come parte della mia famiglia!"

La medium spiegò che i gatti hanno bisogno di un diverso linguaggio, fatto di suoni specifici che solo lei poteva udire grazie alle sue abilità.

Le disse che i gatti sanno cosa è meglio per loro e che non hanno bisogno di vestiti o di essere trattati come umani. Aggiunse che i gatti sono creature superiori con una propria personalità e dignità.

Elena, ormai esausta e confusa, si alzò dal divano e disse alla medium: "Mi dispiace, ma non so se posso accettare tutto questo. Amo i miei gatti così come sono e non voglio cambiarli o cambiare me stessa. Se non sono felici con me, possono andarsene quando vogliono."

La medium si alzò a sua volta e rispose:

"Va bene, è una tua scelta. Tuttavia, sappi che i tuoi gatti sono delusi da te, e potrebbero decidere di andarsene da un momento all'altro."

Poi uscì dalla porta, lasciando Elena con le sue domande irrisolte.

La gattara si sedette da sola con i suoi gatti, che la guardavano con occhi indifferenti. Si chiese se avesse fatto la scelta giusta o se avesse sbagliato a respingere la medium. Rifletté sulle richieste dei suoi gatti e sul rapporto speciale che aveva con loro, cercando di capire come sarebbe dovuto cambiare o se sarebbe stato meglio mantenere tutto com'era. E poi, dopo un momento di silenzio, rise di cuore.

"Beh, cari mici, venite qui da mamma. Vi preparo una bella carbonara vegana." Era pronta a continuare a seguire il suo cuore, consapevole che l'amore per i suoi gatti era ciò che contava di più.

IL GRAN GATTO

La setta degli adoratori dei felini era una comunità eccentrica di appassionati di gatti che veneravano i gatti come divinità. Ogni notte si riunivano in una decrepita casa abbandonata, dove svolgevano un rituale segreto in onore dei loro amati amici a quattro zampe. Vestivano maschere di gatto e mantelli di pelliccia, adottando nomi di gatti famosi come Garfield, Felix, Silvestro, Fuffi o Micio. Il loro leader, autoproclamatosi il "Gran Gatto," si vantava di avere il dono di comunicare con i felini e di interpretarne i desideri.

Il Gran Gatto, in quella particolare serata, osservò il suo riflesso nello specchio con compiacimento. Il suo travestimento era impeccabile: una tuta aderente nera, una coda soffice, orecchie finte e una maschera a coprire il volto. Era da qualche mese il mentore della strampalata setta di appassionati dei gatti che si riunivano ogni notte per celebrare il loro animale preferito. I candidati alla setta dovevano presentarsi con i loro gatti, accettando incondizionatamente che il Gran Gatto fosse la reincarnazione della divinità egizia Bastet, con il potere di comunicare con i felini.

Questo misterioso Gran Gatto ordinava ai suoi seguaci di compiere azioni stravaganti e talvolta pericolose, come rubare cibo per gatti dai supermercati, graffiare le automobili dei vicini o sabotare i canili. La setta, temuta e disprezzata dai residenti del quartiere, veniva considerata una minaccia alla pace e alla sicurezza.

Il Gran Gatto continuò a tessere la sua trama segreta e un bel giorno riunì il gruppo di gattari tra le antiche rovine di Torre Argentina a Roma, per svolgere il Grande Rituale. La sua mossa finale di genialità fu quella di convincere una gattara anziana, che era solita accudire i gatti randagi di quella colonia felina, a unirsi alla setta. Le promise che avrebbe potuto portare con sé tutti i suoi amati mici e in cambio avrebbe ricevuto cibo, alloggio e l'accesso a un tempio segreto dedicato alle divinità feline. La signora, desiderosa di appartenere a una comunità che finalmente comprendeva la sua passione, accettò senza esitare. Purtroppo, non si rendeva conto dei piani malvagi nascosti dietro queste promesse apparentemente generose. Qui, tra le antiche rovine romane, ogni sera cantavano tutti

Il Gran Gatto

insieme la canzone evocativa "Quarantaquattro gatti" e offrivano denaro al Gran Gatto. Alla conclusione del simulacro rituale, dopo aver congedato tutti e aver accumulato una considerevole somma di denaro, l'uomo ingannò la donna all'oscuro della situazione e la persuase ad accompagnarlo al tempio segreto con i suoi amati gattini. Somministrò loro un infuso a base di erba gatta e, subito dopo, li rapì tutti, imprigionandoli nel suo tempio segreto sito in una decrepita fabbrica abbandonata lungo la Via Salaria. La signora, ormai prigioniera, fu legata a una sedia e costretta a testimoniare il terribile rituale che stava svolgendo sui suoi adorati felini. Il Gran Gatto intendeva utilizzare i suoi gatti in un oscuro rituale che avrebbe dovuto scatenare i poteri della dea Bastet, la sovrana suprema dei felini. Il rituale prevedeva la combustione di tre peli di coda di ciascun gatto su un antico altare di pietra, il tutto sotto la luce di una luminosa notte di plenilunio. Mentre il capo della setta rideva diabolico invocando il nome della dea Bastet, sperando che il fumo dei peli bruciati creasse una misteriosa nuvola capace di aprire un portale verso il regno dei felini, dove il Gran Gatto avrebbe reclamato il potere assoluto, un improvviso e potente miagolio squarciò l'aria. Da quel buio emerse un gatto nero, con uno sguardo determinato e un miagolio di sfida.

Il gatto nero, con aria regale, fissò il Gran Gatto e miagolò con autorità: "Cosa credi di fare, umano sciocco? I gatti non necessitano di culti o rituali assurdi. Siamo perfetti così come siamo, indipendenti e liberi." A quel punto, tutti i gatti randagi si misero a miagolare con forza, formando un coro sonoro e insistente. La gattara, che era stata costretta a guardare impotente l'intero rituale, si liberò grazie all'aiuto dei gatti randagi. Mentre il Gran Gatto cercava di respingere gli assalti dei gatti, la gattara riuscì a spezzare le corde che la legavano alla sedia. Non appena fu libera, si unì ai gatti randagi nella lotta contro il Gran Gatto. La battaglia si rivelò epica: miagolii, zampate e scintille di pelo riempirono l'aria.

Nel caos generale, il Gran Gatto fu sopraffatto e finalmente sconfitto, il quale fuggì, sconfitto e smascherato. La gattara abbracciò i suoi amati gatti randagi, riconoscendo il loro coraggio e la loro saggezza. Da quel giorno, la setta degli adoratori dei felini si sciolse e il Gran Gatto non si fece più vedere. I gatti continuarono a vivere le loro vite indipendenti e meravigliose, mentre la gattara tornò felicemente a casa con i suoi eroi felini randagi. E mentre le stelle splendevano nel cielo notturno, un gatto nero si sedette al centro delle rovine di Torre Argentina a Roma, guardando le stelle con uno sguardo regale. Era Romeo, il vero Gran Gatto, il sovrano delle notti romane, e aveva un piano: far sì che tutti gli umani imparassero a trattare i gatti con rispetto e devozione, senza bisogno di strane sette segrete o rituali assurdi. E così, con il suo obiettivo in mente, iniziò a "addestrare" gli umani, uno zampino alla volta.

L'ERBA GATTA

Questa è la storia di Arturo, un gatto così allergico al pelo che doveva prendere pillole ogni giorno solo per non starnutire. Viveva in una casa strapiena di oggetti colorati e profumati che la sua signora, un'anziana dai gusti eccentrici, collezionava con fervore: cuscini soffici come nuvole, tappeti dai colori vivaci, quadri raffiguranti paesaggi incantati e animali fantastici, fiori finti, scatole di cartone e candele profumate, e chi più ne ha, più ne metta. Insomma, per un gatto, quella casa era il paradiso. Arturo adorava trascorrere il tempo su cuscini come piume d'angelo e scrutare incantato i quadri a caccia di creature misteriose.

Un bel giorno, mentre faceva un giro di perlustrazione per il quartiere, Arturo fece la conoscenza di Oronzo, un gatto dalla pelliccia nera come l'ebano, con occhi verdi scintillanti e un sorriso beffardo costantemente stampato sul muso. Indossava un cappello rosso sgargiante e una sciarpa a righe alla moda. Oronzo, con un tono misterioso, propose ad Arturo uno scambio che sembrava troppo invitante per essere vero: dei croccantini in cambio di un'erba gatta miracolosa. Arturo, curioso e attratto dalla prospettiva di una cura alle sue allergie, accettò lo scambio e assaporò un po' di quella sostanza verde e profumata. Incredibilmente, immediatamente si sentì meglio e smise di starnutire! Pensò che fosse un vero e proprio miracolo, e ringraziò Oronzo con un sorriso sincero.

Oronzo, con un sorriso ancora più beffardo, lo incitò a tornare quando voleva per fare altri scambi. Arturo, felice di essersi liberato delle pillole, si abbandonò completamente all'erba gatta. La sua routine quotidiana divenne un'escalation continua di scambi con Oronzo, senza notare che i suoi croccantini si stavano progressivamente riducendo e l'erba gatta diventava sempre più scarsa. Oronzo, in realtà, non aveva alcuna scorta segreta di erba gatta; lui la comprava da un altro gatto chiamato Felice, il quale la coltivava segretamente in un giardino nascosto, circondato da una fitta siepe con trappole per tenere lontani i curiosi.

Felice, un gatto grasso e bianco dagli occhi azzurri, adorava l'erba gatta più di ogni altra cosa al mondo e la considerava il suo tesoro più prezioso. Oronzo pagava Felice con i croccantini che raccoglieva da gatti come

Arturo, tutti credendo alla storia dell'erba miracolosa. Oronzo guadagnava in due modi: rubando i croccantini degli altri gatti e facendoli diventare i suoi clienti abituali per l'erba gatta che in realtà non aveva mai posseduto. Un bel giorno, però, il giardino segreto in cui Felice coltivava l'erba gatta fu scoperto da un pastore tedesco gigante di nome Rex. Rex apparteneva al vicino di Felice, un uomo robusto che solitamente lo teneva legato al guinzaglio per via della sua indole aggressiva. Tuttavia, quella giornata era diversa: Rex riuscì a liberarsi dal guinzaglio e saltare la siepe del giardino di Felice. Attratto dall'irresistibile profumo dell'erba gatta, Rex iniziò a sradicare le piante con le zanne affilate e a farne un pasto abbondante. Felice, svegliatosi dal rumore, uscì dalla sua cuccia con gli occhi spalancati e vide l'orrendo spettacolo del suo amato giardino andato in pezzi. Impaurito al massimo, fuggì via a gambe levate. Rex non lo inseguì, troppo impegnato a divorare l'erba gatta come se fosse l'ultima cena. Quindi, Oronzo, rimasto senza l'erba gatta di Felice, fu costretto a confessare la verità ai suoi clienti, inclusi Arturo e gli altri gatti, che erano furibondi. Lo cacciarono via a colpi di zampe e salti felini.

Arturo, una volta resosi conto dell'inganno, si affrettò a tornare dalla sua amata signora anziana, che lo accolse con abbracci e carezze affettuose. Riprese a prendere le pillole per l'allergia, nel frattempo l'erba gatta cominciò a crescere nel suo giardino. Arturo giurò solennemente di non fidarsi mai più di gatti sconosciuti e di essere felice con la sua vita semplice ma vera. E così, continuò a godersi cuscini soffici e quadri misteriosi nella casa colorata e profumata della sua adorata signora.

ROMEO E GIULIETTA

C'era una volta un gatto solitario di nome Romeo che viveva in una piccola casa in campagna. Sognava di trovare una compagna con cui condividere la sua vita. Un giorno, Romeo decise di pubblicare un annuncio nel giornale locale alla ricerca di una compagna. L'annuncio recitava: "Gatto maschio, bello, intelligente e affettuoso cerca gatta femmina con tiragraffi proprio, dolce, simpatica e fedele per una relazione seria. Chiunque fosse interessata, può scrivermi una lettera e inviarmi una foto". Romeo inviò l'annuncio al giornale e attendeva ansiosamente le risposte.

I giorni passarono, e le lettere iniziarono ad arrivare. Romeo le apriva con curiosità e leggeva le presentazioni delle sue pretendenti. C'erano gatte di tutti i tipi: bianche, nere, rosse, tigrate, a pelo lungo, corto e senza pelo. Alcune erano giovani, altre più mature. Alcune erano timide, altre più audaci. Alcune inviavano complimenti, mentre altre facevano domande. Romeo si sentiva lusingato perché molte gatte avevano risposto al suo annuncio da tutto il mondo. Ma nessuna di esse era riuscita a catturare la sua attenzione. Romeo era un gatto tigrato con occhi verdi e un pelo lucido. Si considerava molto bello e intelligente e desiderava una compagna all'altezza, non una gatta qualsiasi. Così, elencò i requisiti che la sua fidanzata ideale doveva avere: doveva essere di razza pura, con il pelo lungo e morbido, con gli occhi azzurri o viola, zampe sottili e unghie affilate, naso rosa e orecchie piccole. Doveva anche essere educata, gentile, fedele, divertente e amante dei topi. Romeo pensava che fosse facile trovare una gatta così, ma si sbagliava. Tra le numerose candidate, nessuna soddisfaceva tutti i suoi criteri. Alcune erano troppo grasse o troppo magre, altre erano troppo timide o troppo aggressive, altre ancora erano troppo pigre o troppo vivaci. Romeo si sentiva sempre più frustrato e deluso. Non capiva perché nessuna gatta fosse perfetta per lui.

Un giorno, mentre sfogliava il giornale, vide un annuncio che attirò la sua attenzione: "Mago esperto in magia dell'amore. Risolve ogni problema sentimentale. Garanzia di soddisfazione o rimborso. Chiamare il numero 555-1234". Romeo pensò che fosse la sua ultima speranza e decise di chiamare il mago.

"Pronto, sono il mago dell'amore. Come posso aiutarla?", rispose una voce al telefono.

"Buongiorno, mi chiamo Romeo e sono un gatto. Ho un problema sentimentale e vorrei il suo aiuto", disse Romeo timidamente.

"Un gatto? Ma come ha fatto a telefonarmi?", chiese il mago stupito.

"Ho usato il telefono dei miei padroni quando non c'erano. Non importa come ho fatto, importa che ho bisogno del suo aiuto", replicò Romeo impaziente.

"Va bene, va bene. Mi scusi per la curiosità. Allora, qual è il suo problema sentimentale?", domandò il mago.

"Il mio problema è che non riesco a trovare la gatta perfetta per me. Ho cercato ovunque, ma nessuna mi piace davvero. O sono troppo grasse o troppo magre, o troppo alte o troppo basse, o troppo chiare o troppo scure, o troppo dolci o troppo aggressive, troppo pelo o poco pelo. Insomma, non c'è una gatta che abbia tutti i requisiti che cerco", spiegò Romeo con un sospiro.

"Capisco, capisco. E quali sono questi requisiti che cerca in una gatta?", chiese il mago.

"Beh, vorrei una gatta che fosse bella, intelligente, simpatica, affettuosa, fedele, elegante, sportiva, colta, divertente, coraggiosa...", elencò Romeo senza fermarsi.

"Basta, basta! Ho capito. Lei cerca una gatta impossibile da trovare. Non esiste una gatta così perfetta nel mondo", interruppe il mago.

"Come no? Io sono sicuro che esista. Lei è il mago dell'amore, no? Non può farmela apparire con la sua magia?", insistette Romeo.

"Mi dispiace, ma la mia magia non funziona così. Posso solo aiutarla a trovare la gatta più adatta a lei tra quelle esistenti. Ma se lei ha delle aspettative così alte e irrealistiche, non sarà mai soddisfatto di nessuna", disse il mago con un tono severo.

"Allora lei non può aiutarmi?", chiese Romeo deluso.

"Posso provare a darle un consiglio: abbassi le sue pretese e si accontenti di una gatta normale, come tutte le altre. Forse così scoprirà che la perfezione non è tutto nella vita e che l'amore si basa su altre cose più importanti", suggerì il mago con saggezza.

"Lei dice?", domandò Romeo perplesso.

"Sì, le dico. E ora devo andare, ho altri clienti da seguire. Arrivederci e buona fortuna", concluse il mago e riattaccò.

Romeo rimase a guardare il telefono con aria sconsolata. Forse il mago aveva ragione e lui era troppo esigente. Forse doveva dare una possibilità alle gatte normali e vedere se poteva innamorarsi di una di loro. Forse così avrebbe trovato la felicità che cercava da tanto tempo. Finalmente, una gatta si presentò alla sua porta: era una vera chiacchierona, ma era bella. Si chiamava Giulietta e veniva da un paese lontano. Romeo le offrì una tazza di erba gatta e si mise ad ascoltare le sue storie. Era affascinato dal suo modo di parlare, dalle sue risate e dai suoi occhi viola.

Si sentiva attratto da lei come non gli era mai successo prima. Forse il mago si era sbagliato e lui non era troppo esigente. Forse aveva solo bisogno di incontrare la gatta giusta. Forse quella gatta era Giulietta.

IL GATTO CHEF

Per interpretare questa storia, occorrono 6 bambini:

Narratore - Un gatto che racconta la storia
Funiculì - Il gatto protagonista
Chef Luigi - Un famoso chef televisivo
Bella - La proprietaria di Funiculì
Puffy - Un amico di Funiculì, un pappagallo
Signor Mouse - Un topo che vive in cucina

Atto 1: La scoperta

Narratore: Un tranquillo giorno, Funiculì il gatto si trovava sul divano, fissando lo schermo televisivo mentre Chef Luigi preparava una deliziosa lasagna.

Funiculì: "Oh, che meraviglia! Vorrei tanto poter cucinare come lui!"

Puffy: "Funiculì, lo sai che i gatti non cucinano, vero?"

Funiculì: (sorride) "Ma nulla ci impedisce di imparare, Puffy. Chef Luigi lo rende così affascinante!"

Atto 2: La decisione

Narratore: Dopo aver passato settimane a guardare Chef Luigi e altri grandi cuochi in televisione, Funiculì si avvicinò a Bella con determinazione.

Funiculì: (saltando sul tavolo da pranzo) "Bella, devo imparare a cucinare come quei grandi chef che vedo in TV. Vuoi aiutarmi?"

Bella: "Funiculì, sei un gatto, ma se è quello che desideri, posso insegnarti qualche ricetta."

Narratore: Funiculì iniziò a seguire Bella in cucina e a sperimentare con i suoi artigli, tagliando le verdure e mescolando gli ingredienti. Nonostante qualche disastro iniziale, la sua determinazione lo portò a migliorare costantemente.

Atto 3: La sfida

Narratore: Un giorno, Chef Luigi annunciò un concorso culinario aperto a chiunque volesse partecipare. Funiculì decise che era la sua occasione per dimostrare quanto aveva imparato.

Funiculì: (ai suoi amici Puffy e Signor Mouse) "Sto partecipando al concorso di Chef Luigi! Ho preparato una lasagna speciale. Credo che questa sia la mia occasione per brillare."

Puffy: (sbattendo le ali) "In bocca al lupo, Funiculì! Sarai il gatto più incredibile in cucina."

Signor Mouse: (sporgendosi da una crepa) "Sono sicuro che ci riuscirai, Funiculì."

Atto 4: Il successo

Narratore: Il giorno del concorso, Funiculì mise in mostra le sue abilità culinarie e sorprese tutti i giudici, incluso Chef Luigi. La sua lasagna era incredibile, e Funiculì vinse il primo premio.

Chef Luigi: (applaudendo) "Bravissimo, Funiculì! Non avrei mai immaginato che un gatto potesse cucinare così bene."

Funiculì: (sorridente) "Grazie, Chef Luigi. Ho imparato tutto da te."

Narratore: Da quel giorno, Funiculì divenne famoso nel mondo culinario dei gatti, e aprì il suo ristorante, "Il Gatto Chef," dove cucinava prelibatezze per gli amici a quattro zampe di tutto il quartiere. Ogni tanto, guardava ancora Chef Luigi in TV, ma ora era lui stesso diventato una fonte di ispirazione per molti.

IL MONOLOGO DEL GATTO FELICE

Cosa ne sapete voi umani della felicità? Dell'ozio e del dolce far niente?
Io sono un maestro del pisolino, un campione del godersi la vita, e sono
qui per condividere con voi il mio monologo sulla felicità felina.
Iniziamo con il pisolino. Oh, il pisolino! È come una sinfonia di relax,
una sonata di soddisfazione. Posso distendermi su un comodo divano,
chiudere gli occhi e sparire in un mondo di sogni felini. La mia mente si
libra tra i giardini segreti della mia immaginazione, mentre voi umani vi
tormentate con i vostri pensieri e le vostre preoccupazioni. Sono un maestro nel pisolino, e la mia felicità comincia con una pennichella perfetta.
E poi c'è il sole. Non so se abbiate notato, ma un raggio di sole caldo
sulla pancia di un gatto è come una dose di felicità pura.

Mi stendo in modo che il sole mi baci il pelo e scaldi il mio cuore felino. È lì, in quel momento, che mi sento in armonia con l'universo, in perfetta sintonia con la natura. E voi umani dovreste prendere esempio da noi: fermatevi ogni tanto, cercate un raggio di sole e lasciatevi coccolare dalla vita.

La felicità di un gatto è anche nei piccoli giochi. Sì, quei giochi stupidi che voi considerate "inutili". Correre dietro una pallina, saltare su una mosca immaginaria, o inseguire la vostra coda... sono atti di pura gioia! Nel gioco, troviamo il nostro lato selvaggio, ci liberiamo da ogni preoccupazione e ci immergiamo nel presente. E quando catturiamo quella pallina o quella mosca immaginaria, sentiamo di aver conquistato il mondo intero.

E che dire delle coccole? Un buon grattino dietro le orecchie o un accarezzamento lungo il pelo... è come una sinfonia d'amore per noi. Ci sciogliamo sotto le vostre mani e ci sentiamo i gatti più amati del mondo. Non c'è niente di meglio che stare accanto a voi umani, con il vostro calore e la vostra gentilezza. Ci fate sentire speciali, e la felicità scorre in noi come un fiume di latte.

Quindi, cari umani, imparate dalla sapienza dei gatti. La felicità è nelle piccole cose: un pisolino perfetto, un raggio di sole, un gioco divertente e le coccole di chi amiamo. Smettete di correre e preoccuparvi tanto, e iniziate a vivere nel momento presente. La vita è troppo breve per non godersi ogni istante. E ora, se mi scusate, devo andare a cercare quel raggio di sole perfetto per una pennichella. Purr-r-r-r!

IL TIRAGRAFFI

Un giorno, la simpatica gatta Minù ricevette un regalo inaspettato da parte dei suoi umani. Era un pacchetto misterioso con un grande fiocco rosso. Whiskers lo annusò, lo guardò con aria sospettosa, e poi si rivolse ai suoi umani con un'occhiata che sembrava dire: "Cosa cavolo è questo?". L'umano, Sarah, sorrise e disse: "Ehi, Minù, abbiamo pensato che ti piacerebbe questo regalo speciale!"
La micia, ancora un po' scettica, rispose con un miagolio interrogativo, come per dire: "Regalo speciale? Cosa c'è dentro? Non sento profumo di tonno!" L'altro umano, Tom, prese il pacchetto e iniziò a scartarlo con entusiasmo. Alla fine, ne emerse un tiragraffi scintillante, una torre di cartone con molte superfici ruvide e alcune palle colorate appese alle corde. Tom esclamò con gioia: "Ecco, Minù! Un tiragraffi tutto per te!"
La gattina, con le orecchie dritte in alto, si avvicinò con curiosità al tiragraffi e gli dette un'occhiata. Poi si girò verso Sarah e miagolò, "Miao?"
Sarah rise e disse: "No, Minù, è un tiragraffi! È perfetto per affilare le tue unghie e giocare con le palle colorate. Guarda!"

Sarah gli mostrò come affilare le unghie sul tiragraffi, ma Minù sembrava un po' scettica riguardo a tutto il processo. Dopo un paio di tentativi goffi, lei miagolò: "Sembra... figo. Ma cosa ci faccio?"

Tom si avvicinò e prese una delle palline colorate, facendola oscillare davanti a Minù. "Guarda, micia, puoi giocare con le palle colorate! Sono divertentissime!"

La gattina fissò la palla che oscillava con attenzione, ma poi miagolò: "Ma preferirei che ci mettessi del cibo all'interno di queste palle!"

I due umani scoppiarono a ridere. Sarah disse, "Beh, Minù, puoi anche salirci sopra e fare una pennichella!"

Minù, sempre una gatta pratica, saltò sul tiragraffi , tirò fuori i suoi artigli e iniziò a grattare con soddisfazione. Sembrava capire che, se non altro, il tiragraffi era un ottimo strumento per affilare le sue unghie.

Dopo un po', Minù guardò i suoi umani e disse: "Ok, l'ho capito. Il tiragraffi è abbastanza divertente, ma la prossima volta, non dimenticate il cibo all'interno delle palle colorate, va bene?"

I due umani si guardarono sorridendo, felici di aver fatto felice la loro gattina con il suo nuovo giocattolo. E Minù, dopo aver ottenuto l'attenzione desiderata e un po' di esercizio, si diresse verso il suo cuscino preferito per una meritata pennichella. Era una gatta felice, con o senza le palline colorate.

PISOLO

C'era una volta un gatto di nome Pisolo, un micio grigio con occhi azzurri profondi e un'insaziabile curiosità. Viveva in un tranquillo sobborgo con la sua famiglia umana.

Una notte, mentre Pisolo stava passeggiando nel giardino sotto la luce della luna, venne improvvisamente catturato da un raggio di luce brillante che lo sollevò da terra. Si trovò a galleggiare nell'aria, incapace di fare alcun movimento. Era stato rapito dagli alieni!

Pisolo era un gatto straordinario, con una passione per il sonno che spesso superava il suo amore per l'avventura. Era famoso nel quartiere per i suoi lunghi pisolini e le sue abitudini di sonno insolite. Gli alieni erano creature provenienti da un lontano pianeta chiamato Zogar. Avevano studiato la Terra per anni e, dopo una lunga osservazione, avevano concluso che il gatto fosse l'essere più intelligente del pianeta, quindi scesero sulla terra per catturarne uno e studiarlo.

Gli alieni trasportarono Pisolo sulla loro astronave con un raggio di luce abbagliante. Il gatto aprì un occhio soltanto e si guardò attorno.

"Com'è possibile? Dove sarò mai? Sicuramente sto sognando!", disse ritrovandosi improvvisamente in uno strano ambiente circondato da creature extraterrestri curiose. Era disorientato e, con un'espressione sonnolenta, iniziò a sbadigliare e poi, sicuro di sognare, si rimise a dormire. Gli alieni, perplessi, iniziarono i loro esperimenti. Gli fecero esami del cervello, lo sottoposero a test di logica e cercarono di comunicare con lui. Tuttavia, Pisolo sembrava noncurante di tutto ciò che accadeva intorno a lui. L'alieno capo si guardò attorno, confuso dal comportamento del gatto. "Siamo riusciti a catturare l'essere più intelligente della Terra, e cosa fa? Dorme!" esclamò con frustrazione. Gli altri alieni si scambiarono sguardi perplessi.

"Non è possibile," esclamò un altro alieno "ci avevano detto che i terrestri sanno costruire case e automobili, tante cose magnifiche, invece dormono sempre. Forse non sono poi così intelligenti."

Il capo alieno, non soddisfatto, gli rispose: "E come fanno a costruire tutte quelle cose se dormono sempre? Ve lo dico io, su questo pianeta c'è il virus della sonnolenza e dobbiamo andare via subito, prima che faccia effetto anche su di noi."

E così, gli alieni decisero di rimettere Pisolo esattamente dove lo avevano trovato, nel giardino della sua casa. Lo depositarono con gentilezza davanti alla porta e scomparvero nel cielo notturno, scappando dal terribile "virus della sonnolenza" che avevano scoperto sul pianeta Terra.
Pisolo si svegliò improvvisamente nel suo giardino, come se nulla fosse mai accaduto. Si stiracchiò, sbadigliò e si mise a leccare una zampa con noncuranza, come se non avesse avuto l'esperienza più incredibile della sua vita.

Note sull'autore

Scrittore di investigazione, sceneggiatore, poeta e organizzatore culturale, Jean Bruschini è nato a Roma nel 1962. La sua intensa passione per la cultura lo ha condotto a viaggiare tanto da dividere ora la sua residenza tra l'Italia e l'incantevole isola di Djerba, in Tunisia.
La sua insaziabile sete di conoscenza e la curiosità intellettuale lo hanno spinto ad esplorare una vasta gamma di campi. Nel 1981, ha dato vita alla sua prima raccolta di poesie, intitolata "La pietra filosofale", segnando così l'inizio di un percorso letterario ricco e affascinante. Nel corso degli anni, ha pubblicato ben venti libri che coprono argomenti che spaziano dalla storia antica alla medicina naturale, passando per trattati storici, informatici e scientifici. Inoltre, ha condiviso i suoi studi attraverso numerosi articoli pubblicati su riviste specializzate.
La sua passione per la fitoterapia lo ha reso uno dei massimi esperti nello studio di alcune piante in particolare, e ha condiviso importanti informazioni non solo attraverso scritti, ma anche su siti internet e in trasmissioni televisive. Collabora professionalmente con medici e ospedali, prendendo parte a conferenze e seminari in tutta Italia. Ha persino avuto il privilegio di condividere la sua vasta conoscenza presso la FAO e nell'aula corsi del Vaticano. La sua opera di connessione tra culture non si è fermata qui. Ogni giovedì sera conduce un talk show internazionale e multilingue che viene periodicamente ritrasmesso da varie emittenti. "Senza Frontiere - Sin Fronteras - Sans Frontières" è un affascinante viaggio attraverso il mondo che unisce popoli, promuove l'arte e fa conoscere il lavoro di numerosi artisti provenienti da ogni angolo del pianeta. Oltre a essere disponibile settimanalmente in formato video su Youtube, il programma è fruibile via radio tramite diverse emittenti che collaborano al progetto, tra cui l'emittente in lingua spagnola Radio Nuestra America e quella italiana RadioArte. Kultura Project intende allargare la rete, includendo altre emittenti radiofoniche a cui inviare il programma settimanale. Negli ultimi dieci anni, ha viaggiato attraverso il Maghreb e partecipato a festival internazionali di poesia, conferenze e interviste radiofoniche e televisive con l'obiettivo di sensibilizzare

l'opinione pubblica su questioni cruciali come il razzismo, la tolleranza e il terrorismo. In diversi casi, ha tenuto discorsi pubblici su questi temi in luoghi significativi, ai confini con la Libia, dell'Algeria e in tutto il territorio tunisino. Il suo lavoro più recente è un romanzo disponibile in italiano, francese, inglese, arabo e spagnolo, un avvincente thriller storico intitolato "MI CHIAMO SEM". In questo romanzo, il protagonista narra in prima persona le avventure epiche di un mondo violento e confuso che precede il diluvio imminente destinato a spazzare via l'umanità. L'autore ha sapientemente intessuto nella trama quanto ha appreso dai suoi studi di storia e archeologia, consegnando al lettore un'opera che va ben oltre la pura fantasia, offrendo invece un tessuto di elementi affidabili che cattureranno l'attenzione per la cura dei dettagli.

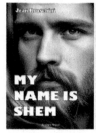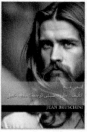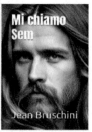

Il diluvio raccontato da Sem: un thriller storico e spirituale di Jean Bruschini. Immaginate di essere tra gli otto eletti da Dio per sfuggire alla catastrofe che cancellerà ogni forma di vita dalla terra. Immaginate di dover convivere per un anno in un'arca gigantesca con la vostra famiglia e con migliaia di animali. Immaginate di assistere alla distruzione del mondo che avete conosciuto e di dover ricominciare da zero in un ambiente ostile e sconosciuto. Questo è il destino di Sem, il figlio maggiore di Noè, il protagonista del romanzo di Jean Bruschini. Un romanzo che ci regala una storia avvincente e commovente, che ci fa riflettere sul senso della vita, sul rapporto tra l'uomo e Dio, sulla responsabilità verso il creato e sul valore della famiglia.

amazon

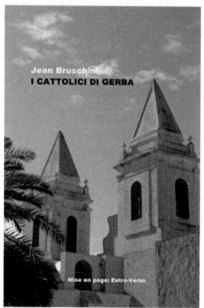

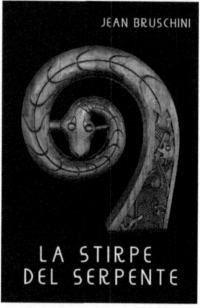

Cerca su Amazon e altri store tutti i libri dell'autore

INDICE

Printed in Great Britain
by Amazon

32237419R00050